16

八男？別鬧了！

Y.A

Kadokawa Fantastic Novels

彩頁、內文插圖／藤ちょこ

CONTENTS

八男？別鬧了！⑯

序章　導師來訪

「喔喔！艾莉絲的肚子變得好大！就快生了吧！」

「艾莉絲就快當媽媽了呢。」

艾莉絲的肚子已經大得非常明顯，或許是出於關心，導師和艾莉絲的母親妮娜大人一起前來探望她。

我突然收到妮娜大人想要來訪的通知，於是就用「瞬間移動」到王都去接人。

而她似乎還邀了導師一起來。

這麼說來，我曾聽說他們是異母兄妹，儘管外表一點都不像，但一做出決定就會立刻展開行動這點，讓人覺得他們果然是兄妹。

兩人抵達鮑麥斯特伯爵官邸後，一看見肚子變大的艾莉絲就顯得非常開心。

對我這個即將出生的孩子來說，導師算是舅公，妮娜大人則是外婆。

姑且不論導師，妮娜大人給人的印象實在不像外婆。

「我也老了，馬上就要當外婆了呢。」

「您還很年輕，看起來一點都不老。」

「威德林弟弟真會說客套話。」

「不，我是真心……好痛！」

「怎麼了？威德林弟弟。」

「沒事，剛才不小心踢到椅腳……」

「哎呀，要小心一點喔。」

一來是妮娜大人看起來真的一點都不像外婆，二來是基於社交禮節必須說些客套話，我才會稱讚她還很年輕，但艾莉絲不知為何捏了我的屁股一下。

雖然這兩人的外表相似，胸部也一樣大，不過艾莉絲的性格應該是像岳父吧。

妮娜大人則是跟導師一個樣兒。

「不曉得是男是女？」

此時，妮娜大人再次投下一顆震撼彈。

許多人都希望艾莉絲肚子裡的孩子是個「能當繼承人的男孩」，明明為了避免給她壓力，我們都刻意不提這個話題，結果她的親生母親卻直接問了。

儘管妮娜大人不是那種會給人施壓的討厭鬼，但這個不看氣氛的舉動還是讓我和艾爾徹底傻眼。

艾莉絲也露出微妙的表情，至於其他人……啊，全都先迴避了。

理由是難得艾莉絲的母親來訪，怕留下來會打擾到她們。

現在回想起來，應該是巧妙地找個理由逃跑了。

如果只有導師來，他們就不會這麼做。

「只要孩子生下來健康，性別根本不重要。艾莉絲還年輕，想再生幾個都沒問題。雖然我對公公也是這麼說的，但他擔心自己年事已高。我倒是覺得他隨便都能再多活個二十幾年。」

霍恩海姆樞機主教確實還很有活力，但妮娜大人居然若無其事地就說出這種其他人難以啟齒的話……

她果然是導師的妹妹……

「無論這孩子是男是女，都一定會和在下一樣健壯，若是男孩就更不用說了！」

「如果像克林姆哥哥，一定能健康長大。」

「咦？像……導師？」

艾爾的這句話，敲響了我腦中的警報。

這麼說來，艾莉絲是導師的外甥女，兩人確實有血緣關係。

儘管我早就知道這件事，但因為兩人長得一點都不像，所以不小心就忘了。

「（長得像導師的男孩？）」

我開始想像孩子出生後的樣子。

『父親！一起特訓魔法吧！』

一個長得像導師且表現得像個大叔的孩子，也不問我有沒有空就硬邀我一起鍛鍊魔法。

而且不知為何，那孩子還有著和導師一樣的特徵，頂著一顆鳳梨頭。

「（男孩倒還好……若是女孩……）」

『父親！一起特訓魔法吧！』

我腦中再次浮現一個果然也是鳳梨頭，看起來像摔角選手的女孩，她同樣不問我是否方便，就邀我一起鍛鍊魔法。

「……」

「威爾，你的臉色好蒼白。艾莉絲也一樣。」

看來艾莉絲也跟我做了相同的想像。

艾爾察覺我們的臉色變得很差。

「話雖如此，在下小時候也是個可愛的孩子！對吧？妮娜。」

「是啊，克林姆哥哥。」

「「「……！」」」

我、艾爾和艾莉絲都不曉得該怎麼回答。

無論怎麼看，我們都不覺得導師小時候會很可愛，只覺得他應該會是個像大叔的孩子。

「在下是阿姆斯壯伯爵家的次男！因為有個當繼承人的哥哥，年輕時才能以冒險者的身分在外面的世界鍛鍊！」

該不會導師以前其實真的很可愛，是經歷過嚴苛的冒險者生活才變成現在這樣？

「（不，導師的哥哥也差不多是這種感覺吧。）」

艾爾小聲指出這點，讓我愈來愈覺得導師的話不可信。

畢竟導師的哥哥即使沒經過外面世界的磨練，還是長得和導師很像。

我曾聽艾莉絲說過，阿姆斯壯伯爵家的男子代代都和導師一樣高大。

「明明克林姆哥哥小時候真的很可愛……不如讓他們看看你年輕時的肖像畫怎麼樣？」

「妮娜！這真是個好主意！你們看過在下年輕時的可愛模樣後，一定會嚇一跳！」

說完後，導師從魔法袋裡拿出一張小肖像畫。

「看仔細了！」

我們從導師那裡接過肖像畫，發現上面畫了一個長相中性，不說還以為是個美少女的苗條美少年。

「「「咦——！這是年輕時的導師（舅舅）——？」」」

我們會驚訝也很正常。

如果這真的是導師，那他不是用過什麼特殊的魔法藥，就是曾在地下遺跡中了變成野獸的詛咒……

他現在的外表和那張肖像畫的差異就是這麼大。

「啊，不過這張肖像畫上的人，頭髮和眼睛是藍色。」

「真的耶。」

艾莉絲在這張導師自稱是「導師的肖像畫」上發現了可疑之處。

導師的頭髮是金色，不太可能是隨著年紀增長才變成這樣。

「咦？是這樣嗎？」

導師從我們手裡拿回肖像畫重新確認。

「喔喔！不好意思！這是別人的畫！」

「舅舅，請問這是哪位？我好像沒見過肖像畫上的這個人……」

「他叫布魯諾……是在下的好友！這麼說來，他的忌日就快到了，所以在下才會拿到這張畫吧？他如今已經不在人世，在下是在十四歲，也就是外表仍是個可愛少年時認識他……」

「「「……」」」

我們忍不住想問「誰是可愛少年？」，但導師接著說下去，讓我們無法插話。

「在下是在十四歲時，下定決心要前往外面的世界！」

不曉得為什麼，即使大幅偏離原本的話題，導師仍擅自開始回憶起來。

第一話　啟程

「（母親，在下明天就要啟程前往外面的世界！在下一定會成為一個更加偉大的男人，然後再回來看您，請您放心吧！）」

這裡是位於王城附近的上級貴族專用墓地。

在下與哥哥的親生母親就長眠在這裡。

母親生完在下後，馬上就因為身體狀況惡化而去世。

在下幾乎沒有和母親有關的回憶，但父親和哥哥常說母親直到死前，都還在掛念著剛出生不久的在下。

而且，在下現在仍記得很清楚。

記得被母親抱在懷裡時感受到的溫暖。

為了讓母親能放心在天國生活，在下必須成為一個比誰都要強的男人。

在下將色彩鮮豔的花束供奉在母親的墓碑前，堅定地下定決心。

「哎呀，克林姆哥哥，原來你在這裡啊。」

「喔喔，是妮娜啊。怎麼了嗎？」

妮娜是哥哥與在下同父異母的妹妹，她的母親是來自擅長謀略的維塔澤伯爵家。

在下的母親去世後，父親很快就娶了妮娜的母親，這是因為「作為軍方的大人物，阿姆斯壯伯爵家的當家必須有個家世顯赫又能幹的正妻」。

儘管教會的大人物霍恩海姆樞機主教曾表示「雖然不至於要你們等到服喪完，但至少等個一年吧？」，但維塔澤伯爵家並未接受這個忠告。

據說是因為維塔澤伯爵家不想被其他貴族家搶先。

再加上正好就在同一時期，妮娜的母親也在嫁到文蘭子爵家後不久，就因為流行病失去了丈夫。

雖然是擅長謀略的一族，但維塔澤伯爵仍非常疼愛女兒，因為當時周圍開始傳出「那女人剛嫁過去就剋死了老公，是個掃帚星」，以及「或許是維塔澤伯爵下毒害死自己的女婿」之類的謠言，所以他才急著把女兒嫁出去吧。

當然，維塔澤伯爵不可能對自己的女婿下毒。

為了扯對手的後腿，貴族社會經常有人散布這種不負責任的謠言。

雖然妮娜的母親後來成了哥哥與在下的繼母，但據說當時這場婚事經歷了不少波折。

姑且不論在下這個次男，若繼母將來生了弟弟，或許會危害到哥哥的繼承人地位……

因為擔心會發生這樣的事情，父親便與維塔澤伯爵達成共識，確定將來是由哥哥繼承阿姆斯壯伯爵家。

但這一切最後都只是白操心，因為繼母後來只生了一個女兒，也就是在下的妹妹妮娜。

至於這究竟是偶然，還是刻意的安排，就只有父親和繼母知道了。

在下對繼母沒有任何不滿。

「我有點好奇克林姆哥哥要去哪裡，所以就跟過來了。本來以為你是打算瞞著我和可愛的女孩子約會呢。」

「怎麼可能。在下一點都不受女性歡迎。」

阿姆斯壯伯爵家的男子，都擁有魁梧的身材與難以稱得上是美男子的外表，不可能受女性或小孩歡迎。

「是嗎？我倒是覺得克林姆哥哥一定很受女性歡迎。」

「是這樣就好了……在下很羨慕妮娜這麼漂亮。」

妮娜長得比較像母親，將來一定會是個美女。

不可思議的是，阿姆斯壯伯爵家的女子身材都不會像男子那樣魁梧。

「聽說妳之後要嫁到霍恩海姆子爵家！」

「好像是這樣。外公說阿姆斯壯伯爵家不能只和軍系貴族聯姻，也要好好和教會的有力人士建立關係。」

聽說是維塔澤伯爵提議讓妮娜嫁到霍恩海姆子爵家。

他之所以幫忙安排這場婚事，應該是為了報答父親當初接受繼母的恩情吧。

即使背後另有盤算，他也不會做出背信忘義的事情。

「那麼，霍恩海姆子爵家的繼承人是個什麼樣的人？」

「嗯——我覺得是個溫柔的人。」

是個溫柔的人啊……

那個家族原本就只有擔任教會樞機主教的現任當家特別引人注目，至於其他成員給人的印象都很薄弱。

「我覺得這件事應該不會有什麼問題。比起這個，克林姆哥哥是因為要離開家，才來跟萊拉大人道別的吧？」

「是父親告訴妳的嗎？」

「嗯。」

父親還是一樣很寵妮娜這個女兒。

萊拉是在下親生母親的名字，她目前正長眠在這塊墓地裡。

「但為什麼要特地去外面的世界？克林姆哥哥會用魔法，應該可以繼續留在家裡吧。」

不論排行，只要不是貴族家的長子，立場都非常微妙。

但像阿姆斯壯伯爵家這樣的大貴族，孩子們只要別太貪心，都能獲得不錯的待遇，何況在下還擁有魔法師的才能。

魔法是不會遺傳的珍貴才能，所以在下原本就能留在家裡。

反倒是如果想離家，通常會被慰留。

不過！

「在下沒打算捨棄阿姆斯壯伯爵家！只是在下還不夠成熟！所以想前往外面的世界累積經驗，增廣見聞，成為一個能夠獨當一面的魔法師！」

在下作為一個魔法師的本領還不到家。

儘管魔力還在緩緩持續成長，但目前只有初級魔法師的程度。

當然這仍是項貴重的才能，只是在下會用的魔法種類不多，關鍵的魔力也不曉得何時會停止成長。

因此還是先去外面的嚴苛環境磨練一下比較好。

「所以，你才決定要去念冒險者預備校吧。」

「沒錯。」

在下今年十四歲，先在冒險者預備校學習一年，等成為冒險者後，再提升包含魔法在內的戰鬥技能。

阿姆斯壯伯爵家是軍人世家，所以最好的作法就是讓在下用魔法輔佐哥哥。

「這都是為了幫助哥哥！」

「克林姆哥哥真溫柔，但感覺你還有其他目的，畢竟你最討厭那些繁文縟節了。」

唔唔！

不愧是繼承了維塔澤伯爵家血統的妹妹。
居然察覺在下的企圖！
「不用在下提醒……妳應該也明白吧！」
「……克林姆哥哥，期待你之後回來跟我分享在外面世界旅行的見聞。」
「放心交給在下吧！」
關於在下離家的理由。
那就是……
既然擁有魔法的才能，那阿姆斯壯伯爵家絕對不會放過在下！
既然將來注定要輔佐哥哥，在那之前當然要好好享受外面的世界。
換句話說，就是包含習藝在內的短暫自由時間。
母親！在下發誓要全力享受外面的世界！

＊　＊　＊

「原來如此。真令人羨慕。要是……我也能自由前往外面的世界就好了……」
在墓地與妮娜道別後，在下換去通知另一個人出外習藝的事情。

那個人是在下的兒時玩伴兼最好的朋友——赫爾穆特王國的王太子殿下。

在下小時候曾被叫到王城當殿下的學伴，之後我們便氣味相投。

雖說是次男，但在下仍是名門阿姆斯壯伯爵家的成員。

所以當然有機會與王族接觸。

按照殿下的說法，他似乎是因為覺得在下是個不像貴族的有趣人物，所以才對在下產生興趣。

拜此之賜，在下現在仍被允許進入殿下的房間。

今天來訪，是為了告訴他等在下開始念冒險者預備校後，應該會暫時沒空見面。

「殿下即將成為國王，所以這有點困難！」

「克林姆，坦白講，我真希望王家能把體驗外面的世界，列為國王必經的研修之一……反正克林姆有一半的目的，是想去外面的世界玩吧。」

「正確答案！真是瞞不過殿下與妮娜！」

「妮娜是你那個可愛的妹妹吧。她好像預定要嫁給妖怪的兒子。」

「妖怪啊……」

「明明才剛過五十歲，卻還是偶爾會與父王對抗。是個不能大意的男人。」

霍恩海姆樞機主教和維塔澤伯爵可以說是難分軒輊！

「他的兒子好像是個正常又能幹的人，這樣你妹妹也能放心吧？如果是當那種妖怪的妻子，應該會過得緊張又辛苦。嫁給他的兒子算是幸運吧？」

「聽您這麼說，在下就放心了。」

雖然以妮娜的器量，這樣的男人或許還無法滿足她。

「真羨慕你能過一年的學生生活。」

「在下必須繼續磨練魔法！」

可以的話，最好能提升到中級……但以在下目前的魔力量成長速度來看，應該很難在成年前達到這個目標！

既然如此，就只能多下一點工夫，例如減少施展魔法時使用的魔力，設法用相同的魔力施展出威力更強的魔法，或是搭配不用魔法的戰鬥技能提升整體的戰鬥力。

一年的時間根本不夠，等從預備校畢業後，還要以冒險者的身分透過實戰鍛鍊。

「實際上一點都不輕鬆。」

「但我很羨慕你能在回到這裡前，享受外面的世界。人總是會覺得別人的東西比較好。即使只有一次也好，我真想到外面的世界像平民那樣生活。」

「殿下……」

不負責任的局外人，或許會羨慕一出生就注定將成為國王的殿下。

但貴族不僅背負統治義務，還得為平民的生活負責，這點在下也一樣。

許多貴族和王族，都希望能像平民那樣輕鬆生活。

當然，我們也很清楚平民的生活並沒有這麼簡單。

有人因為貧窮，只能眼睜睜看著孩子病死。

有人因為無法繼承田地，只能離開領地流落到王都的貧民窟。

雖然我們這些貴族努力想改善這個狀況，但複雜的政治讓這個目標變得很難實現。

這對在下來說實在太困難，所以在下希望殿下能成為一個了不起的國王。

這是在下發自內心的希望。

「但我知道，克林姆將在外面的世界成長為一個更加偉大的男人，然後回來幫助我。」

「殿下。」

「期待你的旅行見聞。我相信你一定會遇到許多有趣的事情。」

「殿下，在下只是個極為普通的人。」

「說得也是。你自己多保重，自由地去外界闖蕩吧。」

和殿下打完招呼後，當天晚上，父親、繼母、哥哥和妮娜替在下開了個送別會，隔天早上，在下就離開了阿姆斯壯伯爵家。

第二話　吊車尾魔法師

「不愧是王都的冒險者預備校，有好多魔法師啊！」

在下離開老家的隔天早上，就是冒險者預備校的入學典禮。

典禮結束後，在下和班上的同學一起前往教室。

在下是獲得入學推薦的魔法師，所以被分派到魔法師班。

雖然……這和在下的家世應該沒有關係，但由於魔力量不多，在下的入學成績在班上可以說是從後面數過來比較快。

由於魔力量太少，在下當時無法使用放出系魔法，乍看之下不像是個魔法師。

那時只希望魔力量能快點增加，這樣才能像個魔法師那樣施展華麗的放出系魔法。

「的確。你的身材非常魁梧，所以我一開始還以為你的武器是大劍或巨斧。」

坐在隔壁座位的苗條少年在入學典禮上看見在下時，似乎以為在下是個使用武器的劍士。

在下跟他一樣是魔法師班的學生這件事，似乎讓他大吃一驚。

他會這樣想也很正常……實際上，在下在阿姆斯壯伯爵家也有練習劍與其他武器。

但在下不像哥哥那麼靈巧，所以不太擅長使用武器。

儘管力氣比哥哥大……但考慮到在下會不自覺地用魔力強化身體，若不用魔力，跟他應該是不分軒輊吧。

「你會用『身體強化』和『魔法障壁』嗎？」

「會用是會用。」

但在下施展的「魔法障壁」比較特殊，只能覆蓋自己的身體，且因為魔力量不多，所以也無法持續很久。

比起施展「魔法障壁」，不如對自己用「身體強化」，然後直接毆打對手比較快。

「你用的是魔鬥流嗎？」

「在下沒學過魔鬥流。」

這樣講的確是很像，但在下沒那麼靈巧。

所以記不住武術的招式！

「原來如此。啊，忘了自我介紹。我叫布魯諾。因為是平民出身，所以沒有姓氏。你呢？」

「在下是克林姆·克里斯多夫·馮·阿姆斯壯！」

「喔，是個有名的望族呢。雖然我本來就覺得你應該是個貴族。」

在下看起來有這麼像貴族嗎？

「很多人對你的第一印象應該都是充滿威嚴，但你的手指很漂亮，坐姿也很端正，這通常是源自從小受到的教育，平民的孩子意外地學不來這種事，你看。」
布魯諾指示的方向，有個坐姿非常難看的男孩子。
不如說他看起來更像是坐不慣椅子。
至於手指很漂亮，是因為在下即使是個次男，依然有傭人幫忙打理雜務。
「你從小就能坐著接受教育，還有大人、家教或講師提醒你端正坐姿，這些都顯示你擁有良好的出身。」
這個叫布魯諾的少年身材嬌小又纖細，但即使知道在下是阿姆斯壯伯爵家的人，他依然毫不畏懼，而且還擁有敏銳的洞察力。
「你面對在下都不會緊張嗎？」
「雖然不是完全不會，但據說在想成為冒險者的人當中，即使面對王族與貴族也不會害怕的人比較容易出人頭地，特別是魔法師。」
冒險者和魔法師都是靠實力說話，因此在面對貴族時會變得特別謙卑或膽怯的人，絕對無法成大器。
尤其是優秀的魔法師，通常反而是貴族會來主動招募。
布魯諾為了成為一個知名的魔法師，從現在就開始注意這些細節。
「還是你希望我把你當成『貴族大人』崇拜？」
「身分差距在這裡一點意義也沒有！布魯諾，在下就只是個叫克林姆的學生而已。」

「我就知道你會這麼說。請多指教啦，克林姆。」

布魯諾不僅外表年幼，身材也十分嬌小，看起來實在不像與在下同年，但在下非常欣賞他的膽識！

「布魯諾今年幾歲？」

「十四歲。」

「與在下同年啊……」

沒想到我們居然同年……因為在下的外表看起來比實際年齡大上許多，所以更讓人覺得感慨。

「真羨慕布魯諾擁有這麼強的魔力。」

根據布魯諾的說法，他的魔力量比在下多，就快到達中級的水準。

他在這個班級算是相當優秀。

這個魔法師班有八成的人只有初級水準，幾乎確定能升到中級的布魯諾，是個將來讓人期待的魔法師。

真是令人羨慕！

「話雖如此，今年還有個艾加．崔達在。他被認為是今年最傑出的人才。」

在離我們有段距離的地方，一群中級魔法師正圍繞著一個文質彬彬的男子，據說他的魔力已經抵達上級水準，是個備受期待的新手魔法師。

「他散發的氛圍……確實不簡單！」

「不曉得那個艾加的魔力在成年前會增強多少，又能學會多少種類的魔法。這間預備校的講師們、冒險者公會和想僱用他的大貴族與大商人都在關注這件事。」

原來如此，即使同樣是魔法師，他和在下還是有著天壤之別！

「人都到齊了吧？這裡和其他班不同，是魔法師班，我想應該不會有人缺席。總之大家先自我介紹吧。畢竟你們接下來的一年都要一起在這裡學習，畢業後應該也經常會有工作上的交流。」

在導師的指示下，我們被迫自我介紹。

儘管有人被在下的名字嚇到，但家世與魔法師一點關係也沒有。

今年備受期待的新星——艾加·崔達也和布魯諾一樣，只用從容的笑容和在下簡短打了個招呼。

「原來如此，穩坐第一名的天才同學真是遊刃有餘。都不會挖苦劣等生呢。」

「才能會為人帶來餘裕！」

「確實如此。」

就這樣，在下順利進入冒險者預備校就讀，開始了新的生活。

「今天是第一天，所以請你們稍微展現一下實力吧。」

等我們做完自我介紹後，老師立刻開始上課。

話雖如此，冒險者預備校的課只上到中午，因此今天已經沒剩下多少時間。

負責教魔法的哈克老師，在用來進行實技演練的中庭放了以木頭和稻草紮成的草人，要我們各自用擅長的魔法攻擊它。

雖然他應該早就透過面試和考試掌握了我們的實力，但還是想要親眼確認吧？這的確是個簡單又快速的方法。

同學們按照被叫到的順序出列，用自己最擅長的魔法攻擊草人。

「大部分都是用火球呢。」

「畢竟是許多人都會用的基本魔法，而且看起來效果也不錯。」

「因為草人會燒起來！」

班上的同學大部分都是初級，所以傾向展現只要命中就能點燃草人的「火炎球」。

雖然當中也有魔法威力強到能直接燒毀草人的同學，但他們大多是入學前就接受過其他魔法師的訓練。

那些「火炎球」威力太弱的同學，將在接下來的一年接受哈克老師的指導，逐步改進自己的魔法，如果魔力量還沒成長到極限，也要努力提升魔力。

「少數人也會使用其他系統的魔法呢。」

如同布魯諾所說，有些人是用「水球」、「石彈」或「風刃」攻擊草人。

話雖如此，在下還是覺得初級魔法師使用的魔法缺乏威力。

「接下來輪到我了。」

「布魯諾，你擅長什麼魔法？」

「晚點看了就知道。」

被哈克老師叫出列後，布魯諾站在離草人約二十公尺遠的地方，迅速發動魔法。

「原來是『冰刃』啊！」

「正確答案。我擅長水系統與風系統的魔法，所以能像這樣做出冰刃攻擊敵人。」

布魯諾放出的新月形「冰刃」，一擊就砍斷了草人的頭。

「控制和威力都無可挑剔，魔力也幾乎確定能成長到中級水準。布魯諾，我很期待你未來的表現。」

哈克老師相當看好布魯諾的才能。

「接下來，輪到克林姆了……你之後有學會放出魔法嗎？」

「呃，在下的魔力還是不夠。」

「這樣啊……你的魔力還在成長，等魔力量提升後，應該就用得出來了。」

在下之前接受冒險者預備校的資優生考試時，也曾在面試階段獲得相同的評價。

儘管是魔法師，但在下的魔力量增加得非常緩慢，會用的魔法也只有「身體強化」和直接覆蓋自己的「魔法障壁」，再來就是用灌注魔力的拳腳攻擊敵人。

雖然老家曾經幫在下請了個魔法師的家教，但在下果然還是學不會放出魔法。

家教老師曾說過「只要魔力量提升，應該就能學會放出魔法，但克林姆大人的魔力成長速度異常緩慢，所以只能耐心等待魔力量增加」。

拜此之賜，比起魔法師，在下更像個魔鬥流的鬥士。

在下明明是個魔法師，卻沒有魔法師的樣子，但父親和哥哥都稱讚在下「擁有高強的戰鬥力，與推崇武藝的阿姆斯壯伯爵家非常相配」。

雖然很感謝他們，但身為魔法師，果然還是希望能學會一些像樣的魔法。

在下就是為了這個目的才離開家。

「用自己的方式攻擊那個草人吧。」

「知道了！」

既然如此，就只能用平常的攻擊方法了。

在下施展只能覆蓋自己的「魔法障壁」，直接用肩膀撞擊草人。

堅固的「魔法障壁」，搭配在下的體重與衝刺速度將草人撞得四分五裂。

「威力不錯。之後的課題只剩下學會放出魔法，以增加魔力量為第一優先。」

「在下知道了。」

希望能在一年內學會放出魔法……

「那樣也行嗎？」

「他只是靠魁梧的身軀撞壞草人吧……」

「那也算是魔法嗎？」

儘管有些圍觀者開始批評在下，但這部分只能靠學會放出魔法解決。

何況批評在下的，都是光用「火炎球」點燃草人就竭盡全力的傢伙。太在意他們也沒用。

「克林姆剛才的攻擊感覺很方便呢。」

「是嗎？」

布魯諾看過在下的魔法攻擊後，感到相當佩服。

「這裡是培養冒險者的預備校，只有以冒險者的身分做出成績的人，才能吸引貴族的目光和獲得工作。上級魔法師並非因為是上級魔法師才被貴族挖角，而是因為靠魔法累積了許多成果，才會在從冒險者退休後被聘用。」

「原來如此。」

「克林姆剛才的攻擊，應該能打倒相當強悍的魔物。相較之下，『火炎球』並不適合狩獵魔物。」

冒險者在打倒魔物時，必須盡可能避免損傷素材。

尤其是如果用火燒擁有珍貴毛皮的魔物，會大幅降低商品的價值。

最有效率的作法，就是用「風刃」或「冰刃」一擊割開要害，或是像在下這樣靠肉搏戰擊倒魔物。

「但以在下目前的魔力量，就連這種魔法攻擊都無法使用太多次。目前最優先的事項還是增加魔力量。」

「這點我也一樣。」

最後，哈克老師指名艾加．崔達出列。

壓軸果然要最後登場。

「順帶一提，艾加也擅長火系統的魔法。」

「既然如此，那個草人應該會被燒得連灰都不剩吧。」

以他的魔力量和魔法的威力，就算造成這種結果也不奇怪。

「那個艾加會用單純只有威力強的火魔法嗎？」

「你覺得他會用需要高度技巧的火魔法嗎？」

「應該會吧。」

據說他擁有今年最強的魔力，還是備受冒險者公會期待的人才。

才剛提到他不可能單純用火焰攻擊目標……草人的頭就突然掉下來了。

這個出乎意料的狀況，讓同學們開始騷動。

因為大部分的同學都不曉得他用了什麼魔法。

「他用了什麼樣的魔法？」

「大概是用火割斷的吧。技術真好。」

布魯諾似乎有看見艾加．崔達用的魔法，但在下完全看不見！

現在只能怨嘆自己還不夠成熟！

「他應該是用極細的火線，砍下了草人的頭。」

「這種事真的辦得到嗎？」

「如果是艾加，應該就辦得到吧。」
除了強大的魔力量與魔法威力以外，居然還能使出那麼精密的魔法……
用火割斷草人的頭聽起來很簡單，但如果不以驚人的速度準確執行，草人就會燒起來。
如果能以這種方法砍斷魔物的頭，即使用的是火魔法，也能順利以冒險者的身分活動！
「真是名不虛傳！」
「坦白講，我也覺得他是天才。」
如果是布魯諾，或許就能與艾加．崔達對抗？
在下突然產生這樣的想法。
「我的魔力量太少……魔法的威力與精密度也略遜於他。」
即使能靠努力彌補魔法的威力和完成度，依然無法改變天生的魔力量。
布魯諾明白自己未來不管再怎麼努力，都頂多只能達到中級偏上的水準。
「不如說克林姆還比我有機會吧？」
「以在下目前的狀況來看很困難。」
在下只是個半吊子的魔法師。
魔法師數量稀少，又與家世和遺傳無關，所以在武藝世家阿姆斯壯伯爵家有魔法師誕生時，周圍都十分期待！

然而，在下的魔力成長得極度緩慢，魔力量只有初級水準，而且只會用讓魔力覆蓋身體的魔法。

雖然只要魔力繼續成長就能學會放出系的魔法……但按照目前的成長速度，在停止成長前能超過初級就算很好了。

『至少也要有中級水準，才比較像個魔法師吧。』

這是周圍的貴族對在下的評價。

『魔法師啊。真羨慕克林姆哥哥。』

『別在意，克林姆。那些不會用魔法的貴族只是在嫉妒你。』

『這有什麼好羞愧的？阿姆斯壯伯爵家的男人只要夠強就行了！不需要在意那些軟弱的宮廷人士說的閒話！』

就只有妮娜、殿下和哥哥與父親等家人，不會批評在下不入流的魔法。

「我的出身也不是很好，所以不清楚貴族世界是怎樣，但連魔法都不會用還這樣批評別人，未免也太閒了。」

「實際上真的有很多無聊的傢伙！」

幸好在下只是次男。

所以能像這樣以習藝的名義來到外面的世界！

「只要好好鍛鍊，或許魔力提升的速度會變快，我覺得克林姆將來應該會成為大人物。」

「這是客套話嗎？」

「我是魔法師，不會說沒意義的客套話。」

的確，像布魯諾這種等級的魔法師，根本不需要討好貴族。

即使被特定貴族討厭，與那個貴族敵對的其他貴族也會開心地找上他。

魔法師就是這樣的存在。

「等在預備校學習一年，當上冒險者後，我們或許還是會再經常見面。請多指教啦，克林姆。」

「請多指教！」

作為一個魔法師，在下在這一年裡究竟能夠成長多少呢。

儘管多少有些不安，但認識布魯諾是個很大的收穫！

感覺在下與他能成為好朋友。

第三話　預備校學生的生活

「克林姆，你是那個阿姆斯壯伯爵家的孩子吧？」
「幹嘛現在提這個！」
「你的老家都沒有資助你嗎？」
「在下通通拒絕了！」
「你還真是下了很大的決心，但這個房間真的什麼也沒有呢。」

預備校開學後，過了一個星期。

在下已經習慣上課，並和布魯諾成為朋友，他今天來在下的房間玩。

他一看見在下寄宿的房間就嚇了一跳。

在下寄宿在預備校附近獨居的老太太——沃格特夫人家裡的小閣樓。

那裡鋪了一塊用來代替床的木板，樑柱上放了幾本和魔法有關的書與魔杖，再來就只剩下裝著幾件長袍、內衣和私人物品的小木箱。

因為這實在不像貴族之子住的地方，就連總是不露神色的布魯諾都罕見地大吃一驚！

「你拒絕了他們的援助啊。」

「那當然！」

「居然說得這麼肯定……」

難得來到外面的世界，如果還接受老家的金錢援助就沒意義了！

就是要體驗平民的生活，離開家才有意義。

這個寄宿處，也是在下刻意找最便宜的地方！

在下之前都是節儉地使用離家前存下的零用錢，接下來差不多該靠狩獵賺錢了。

布魯諾今天來，也是要跟在下討論這方面的事情。

「明明可以稍微妥協，讓家裡資助你。我覺得人生在世，學會不去避諱這種事也很重要。」

「那樣就不有趣了。」

「這句話真有克林姆的風格，遠比那些傢伙讓我有好感。」

預備校也有和在下一樣的貴族子弟。

然而，即使難得來到外面的世界，他們還是會從家裡來上學，用父母給的零用錢過著奢侈的生活。在下實在無法理解在外面的世界過貴族生活，到底哪裡有趣！

當然，貧窮的貴族子弟就不是如此。

「說到這個，王都的預備校針對狩獵有許多限制。」

「是嗎？」

「畢竟王都算是都會。」

若是鄉下，只要別在成年前進入魔物領域，所有人都能自由狩獵。

郊區的自然環境多，獵物充足的地方也不少，此外還有狩獵者反而比較少的優點。

然而，隨著不斷的擴張與開發，王都周邊能夠狩獵的地區只會持續減少。

布魯諾表示由於王都人口眾多，即使不是冒險者，也有許多人以狩獵或漁業維生，再加上想賺生活費的預備校學生，競爭可說是十分激烈。

「因此預備校學生一個星期好像只能狩獵兩次。」

「真是嚴格。」

在下希望能盡可能不要動用到儲蓄的零用錢，靠自己的力量賺取一年的生活費。

「布魯諾打算怎麼賺錢？」

「我的手頭不像你那麼寬裕，所以打算靠各種門路打工。其中有些地方希望我能幫忙找人，如果不介意就幫你介紹吧。」

「喔喔！不愧是吾友布魯諾！請務必幫在下介紹！」

難得離開家門，在下想累積各種經驗！

沒想到還能做狩獵以外的工作。

「大概是什麼樣的工作？」

「有很多種。因為每個星期要去狩獵兩次，所以剩下的都是些短期或單日的零工。」

「真令人期待。」

「期待啊……真羨慕克林姆對所有事情都這麼樂觀。」

「在下就只有這個優點！」

「那明天下午就馬上開始工作吧。」

於是，在下有生以來將第一次挑戰工作賺錢。

＊　＊　＊

「工頭，我帶人來了。」

「麻煩你了，布魯諾。喔喔！這傢伙看起來很有力氣。哎呀，幸好有拜託布魯諾。」

隔天下午，在下與布魯諾一同前往最初的工作地點。

那裡是一處建築工地，負責的工頭有著健壯的體格和曬黑的皮膚，布魯諾似乎之前就認識他。

「布魯諾，你們之前就認識嗎？」

「他是住在我家附近的叔叔，和我父母也很熟。」

「我從布魯諾小時候就認識他了。這種工作很需要體力，小哥你體格不錯，看起來值得期待。」

雖然在下本來就想找體力活兒，但姑且不論在下，布魯諾有辦法勝任這項工作嗎？

在下今天順利完成第一次的工作，吃飽飯後就舒服地睡了一覺。

「布魯諾，今天的工作是什麼？」

「是幫書店看店。另外還要打掃店內和整理書櫃。」

工地現場的工作在三天後順利結束，工頭他們都很感謝在下與布魯諾。

畢竟那項工程本來會延遲，幸好有我們這些能用魔法搬運沉重石材的人來幫忙。

雖然在下不是靠魔法，是靠自己的力氣完成工作。

布魯諾幫在下介紹了下一份工作，所以下午預備校的課程結束後，在下立刻前往現場。

印象中工作地點是在商業區，就在下級貴族住宅區的旁邊。

聽說布魯諾的老家就在那附近。

順帶一提，他和在下不同，是靠從老家通學節省生活費。

「你也認識下個工作地點的人嗎？」

「是啊。」

「布魯諾的老家是在做生意嗎？」

「我家是皮革素材的批發商。」

從冒險者公會那裡買來動物或魔物的皮，再轉手給需要的商會與工房，從居住的地區，就能看出布魯諾的家境在平民當中還算不錯。

「你家境不錯呢。」

「老家是這樣沒錯啦，但家裡的生意最後會由哥哥繼承。我是資優生，不需要繳預備校的學費，但還是得自己賺零用錢。」

「在下也一樣。」

「不，我覺得一般貴族應該不會拒絕家裡的援助。喔，就是這間店。」

我們來到一間寬廣的書店。

儘管店門開著，但完全沒客人。

只有一個看似店長、略有年紀的男子在專心看書。

「傑諾爺，你又在看新的『黃書』啦？」

「那還用說！我是這間店的老闆，如果不親自確認內容，要怎麼知道該進多少本！」

名喚傑諾爺的老先生，正在看一本叫《人妻味如蜜》的書，這種書實在不太適合在別人面前看。

「你不是已經進了嗎？」

「嘖、嘖、嘖。布魯諾還是個孩子呢。所謂的新書，一開始進時多少都能賣個幾本，但不是每本書都能繼續賣下去。如果眼光不好，進太多滯銷的書，就會害書店破產。」

「所以那本書好看嗎？」

「是常見的有婦之夫和有夫之婦外遇的作品。說到這個，之前也有部類似的作品賣得很好，讓教會的人非常不滿。那個不滿的神官，和某個貴族的不曉得第幾個太太有染，所以根本沒閒工夫取締，真是活該。」

「你人真壞……」

雖然沒那麼常見，但每隔一段期間就會聽說有神官與貴族夫人搞外遇。

當然，貴族之間偶爾也會外遇。

「居然想取締別人的創作，真像是腦袋裡只有死板教義又不知世事的神官會做的事情。那些人連現實和妄想都無法區分。」

「批評神官的事，講到這裡就行了吧？」

這位叫傑諾爺的老先生，似乎經常因為色情書刊的事情與教會起爭執。

在下也不想和神官牽扯太深。

「為了迴避無意義的爭執，難道就不能考慮不進黃書嗎？」

「怎麼可能！如果沒有黃書，根本就賺不了錢！」

「是這樣嗎？」

通常會看書的都是上流階級或神官等精英份子，再來就是比較富裕的平民。

既然有這些客群，應該不需要黃書吧？

「無論是國王、王族、大貴族還是大商人，只要是人，無論什麼身分都會喜歡這種東西。你難道不是嗎？」

雖然說沒興趣是騙人的，但在下喜歡現實的女性勝於書籍。

「現實和創作是不同的東西……唉，算了。我之前是拜託布魯諾幫忙看店、打掃和整理，沒想到他帶了個這麼高的幫手過來。」

「他很有用吧？」

「確實如此。反正今天幾乎沒有客人。你們工作做完後，可以自由閱讀店裡的書，如果有客人來就適當接待一下。」

「還是一樣隨便呢……」

「這間店是靠假日賺錢。我的工作是在那之前備齊店裡的商品。只要準備好客人想要的東西，書自然會賣出去。接下來就拜託你，還有你找來的大個子啦。」

說完這些話後，傑諾爺就離開店裡，留我們在這裡看店。

「傑諾爺是去進書，因為假日會有很多客人來。」

除非有什麼特殊狀況，否則來買書的客人都是集中在假日。

所以傑諾爺才要先去進貨。

「原來如此。那麼，在下該做什麼？」

「先整理和打掃吧。」

仔細一看，店裡設置了許多書架。

書架上方積了灰塵，在下個子比較高，正好適合打掃那裡。

布魯諾用調整過威力的風魔法清潔灰塵，將看白書的客人亂放的書籍收拾整齊……然後工作就做完了。

「真閒。」

「這個工作薪水不高，但很輕鬆。只要一個小時就能把工作做完。雖然如果有客人來還是要接待，但不用管那些只是來看一下白書就離開的客人。」

「的確。」

不如說這間書店平日真的都沒有客人。

在打掃和整理時，毫無來客上門。

「布魯諾，接這個工作有什麼意義嗎？」

感覺應該有其他更有賺頭的工作。

「只要能看這個就好。」

布魯諾不知何時拿來一本厚厚的書，在封面上寫著《上級魔法的基礎》。

「這間店有賣許多古代魔法師寫的書，雖然好像不怎麼暢銷。」

「原來如此，不僅有薪水可以領，還可以免費盡情看魔法書啊。」

「這工作很棒吧？」

「真的是太棒了！」

在下的願望是讓魔力成長到能夠使用放出系魔法，因此這間書店對在下來說，就像是個寶庫。

因為這裡放了許多和魔法有關的舊書。

「原來那位老先生不是只賣黃書啊。」

「別看傑諾爺那樣，他對魔法書也很熟。只是光靠賣魔法書根本無法維生，所以才連黃書一起賣……但現在好像是黃書的量比較多？反正他也不討厭那種書。」

或許這間店的魔法書，在王都也算是數一數二齊全！

當然，黃書也一樣……

真是間奇怪的店。

「那位老先生同時也是黃書專家啊。」

「應該吧。像這本書雖然確定是黃書，但同時也是魔法書。」

布魯諾從大量黃書當中挑出其中一本，上面寫的書名是《超實用魔法書》。

「內容是……『偷窺女澡堂也不會被發現的魔法，基礎與應用篇』。」

「『如何不著痕跡地用風魔法偷看意中人的裙底風光，調整威力的方法』……雖然內容並不清新純正，但只要是男人都會有興趣呢。」

「的確。」

如果在下拚命練習掀女性的裙子，或許就能學會放出系魔法。

但在下好歹是名門阿姆斯壯伯爵家的人，所以絕對不能實際嘗試。

「總而言之，我們已經按照吩咐完成打掃和整理的工作，接下來可以看這間店的豐富藏書充實自己。這就是這份打工的好處。」

「原來如此。」

如果在一般書店看白書，絕對會被店員白眼。

與魔法有關的書通常很貴，能免費看真的非常難得。

「那麼，我要開始看書了。」

因為傑諾爺交代的工作都已經做完了，布魯諾開始認真閱讀他找來的魔法書。

「在下該挑哪一本才好……有客人來了。」

明明聽說平日沒什麼客人，結果馬上就有客人造訪……

「是位年輕小姐。」

「來這間店？是魔法師嗎？」

「看起來不像。」

對方看起來只有十二、三歲。

而且長得非常可愛，和布魯諾很像……在下忍不住看向布魯諾。

「咦？這不是莉茲嗎？妳應該不是來買書的吧？」

「哥哥，我聽說你今天要幫傑諾爺看店，所以幫你帶了慰勞品。這是我烤的餅乾。」

「那真是太感謝了。對了，我替妳介紹。這個人是我在預備校的同學。」

「在下叫克林姆。」

「唔哇，這個人看起來很可靠，和哥哥完全相反。」

「我這個妹妹講話還真直接。」

布魯諾的身材非常苗條，所以或許會有女性覺得他做為男人不太可靠……但他是個美男子，這樣的人應該只有極少數。

「看起來很有男子氣概，非常帥氣呢。」

「是嗎？」

在下過去經常被女性說長得高大，但還是第一次被稱讚帥氣。

「克林姆，她是我的妹妹莉茲麗特。我通常都直接叫她莉茲。」

「克林姆先生，感謝你平常對哥哥的照顧。」

「在下才是一直受到布魯諾的關照。」

話說回來，真是個可愛的妹妹呢。

「在下一看見莉茲小姐，就想起了自己的妹妹妮娜。」

「原來克林姆有妹妹啊。仔細想想，像我們這樣的平民本來就不太可能知道阿姆斯壯伯爵家有哪些人。」

「克林姆先生是大貴族家的少爺啊。」

「姑且算是，但外表不像，而且也不是繼承人。」

不僅如此，出身對在下之後將體驗的世界來說一點意義也沒有。

畢竟遺跡的陷阱和魔物，可不會在意身分這種事。

「克林姆先生明明是貴族，卻是個不會擺架子的好人呢。」
「在下不會做那種沒意義的事情。」
雖然預備校偶爾會有這種人，但他們通常是想當冒險者卻沒有足夠的實力，所以只能依靠自己的出身。
是一群可悲又懦弱的傢伙。
「那麼，我先回去了。」
莉茲小姐留下親手做的餅乾後，就直接返家。
「不曉得妮娜過得好不好？」
「你一看見莉茲，就想起老家的妹妹啦。你妹妹是個什麼樣的人？」
「和在下很像！」
是在下引以為豪的妹妹。
「……呃，是個健壯的人嗎？對了！難得有餅乾，先吃個點心再看書吧。」
說得也是。
在下和布魯諾是為了看書，才來這間書店打工。
我們稍微休息一會兒，享受熱茶和莉茲小姐做的餅乾後，就立刻回去看書。
「『不行！即使我們沒有血緣關係，姊弟還是不能發展成那種關係！達斯汀抓著我的雙肩，他的力氣比我想像中強，讓我不得不意識到過去疼愛的弟弟是個男人的事實』。嗯，原來如此。」

「不對，你該看的是魔法書吧。」

「是這樣沒錯，但父親和哥哥都說過這種書也有其必要。」

「如果不偶爾看一點，生活確實會缺乏樂趣……這方面貴族和平民都一樣呢。」

父親和哥哥的書房都有藏這種書，他們偶爾會借在下看。

他們自認有藏好，但其實早就被繼母和大嫂發現了。

「總而言之，你還是看其他書吧。」

「那麼……『前方五十公尺有兩個可愛的女孩子，周圍沒有其他人，我在靠近她們的同時，用「疾風」魔法掀起她們的裙子。其中一個人是穿白色蕾絲，另一個人是紫色，讓我相當興奮。沒想到這麼可愛的女孩子，居然會穿紫色內褲。那麼，下一個目標是……』。」

「我才不是叫你看這個！」

也不是這個嗎？

「可是裡面有用魔法。」

「那只是好色魔法師的故事，和魔法的理論一點關係也沒有。」

即使看這種書，對魔法也沒有幫助嗎……

「話說這本書的出版者之前才被教會檢舉，是本問題書籍。因為有還是個孩子的下級魔法師模仿書裡的內容，讓教會的大人物非常生氣。」

的確，這點程度應該有辦法模仿。

「這本書是漏網之魚嗎……」
「不好意思，請給我這本書。」
這本黃書之前因為被教會檢舉，而被沒收了大部分，沒想到居然有狂熱的書迷在找這本書！
一個打扮體面的中年男子，問在下這本掀裙子少年的書要多少錢，他似乎從平日白天就在王都裡的各家書店找這本書。
「多少錢？」
「十分……」
「兩百分！」
「咦！克林姆？」
「這位店員，怎麼了嗎？這是兩百分，請收下。」
「謝謝惠顧。」
姑且不論布魯諾，這位客人似乎不認為兩百分很貴。
會把讀書當興趣的人通常收入都不錯，所以這也是理所當然。
「克林姆，一本十分的書賣兩百分算是暴利吧。」
「既然數量因為檢舉變少，那剩不多的商品當然要漲價。」
其他收藏品也一樣，既然需求遠遠大於供給，那價格會提高也很正常。
父親和哥哥也是這樣收集被教會敵視的禁書。

「原來如此，你這方面真像個貴族。」

「玩樂就到這裡為止，該看魔法書了。」

在傑諾爺回來前，在下和布魯諾一直在看……與魔法有關的書。

「明明只要再拖一下，或許就能賣到兩百五十分，你還是太嫩了。」

雖然看起來沒有生氣，但傑諾爺表示那本黃書其實有機會賣更貴。

做生意真是困難。

第四話　酒吧事件

「讓您久等了，兩杯啤酒。」

「那桌是要三杯啤酒吧。」

話說回來，布魯諾人面真的很廣。

他又替在下介紹了另一份打工。

在下很高興能像這樣接各種一次性或短期的打工，因為比起一直做相同的工作，這樣更能了解外面的世界。

我們今天晚上也是在與布魯諾父母熟識的酒吧客人介紹下，到酒吧打工。

這間酒吧離冒險者公會的總部很近，大部分的客人都是冒險者。

我們之後也將成為冒險者，所以先實際接觸了解他們是什麼樣的人，絕對不會是白費工夫。

「大個子小哥，我們這裡也要三杯啤酒，還有再來一份燉菜。」

「知道了。」

冒險者大多重視實力，不在乎禮儀。

在下不懂怎麼招呼客人，但只是端菜還沒什麼問題，所以到目前為止都很順利。

「話說你畢業後要加入哪個隊伍？」

「我還沒決定。」

「要不要來我們這裡？我們很歡迎魔法師喔。」

「哈哈哈……我會考慮。」

布魯諾非常受女冒險者歡迎。

他端菜去只有女冒險者的桌子時，經常會被搭話。

在下也是魔法師，所以偶爾會被招攬，但果然還是不太受女冒險者歡迎。

「唉……累死了。」

布魯諾將空酒杯與空盤子收到裡面的廚房後，馬上用力嘆了口氣。

「受歡迎也很辛苦呢。」

「真羨慕克林姆只會被男冒險者招攬。」

「在下也很期待被女冒險者招攬。」

「又不是常被搭話就比較好。」

此時，一個在廚房裡做燉菜的中年廚師插入我們的對話。

「你們可要小心那種整隊一起來酒吧，招攬年輕的男冒險者或預備校學生的女冒險者喔。尤其是布魯諾。」

「果然啊。」

「這是為什麼？」

被愈多人招攬，畢業後就有愈多選擇，這應該是件好事才對。

尤其對方又是女性。作為一個男性，應該溫柔地幫助她們才符合常理。

在冒險者的世界是男性比較強勢，所以她們平常就很辛苦。

「唉——雖然看起來不像，但你真的是好人家的孩子呢。」

看起來不像這句話是多餘的。

「這跟出身有什麼關係？」

「在重視實力且男性占優勢的冒險者業界，確實有很多辛苦的女性。」

因此很現實的一點是，許多女性一結婚就不再當冒險者了。

再不然就是大幅減少工作量。

「但需要特別留意已經克服這個障礙，或是目前運作得相當順利的隊伍。她們有時候會反過來咬人一口。特別是讓布魯諾這種新手加入的時候。」

按照廚師的說法，如果有個年輕又苗條，外加還很有實力的男性加入原本只有女性的隊伍，可能會害隊伍的人際關係瞬間崩壞。

「所有的女冒險者都希望能遇到好緣分結婚，然後提早退休。如果有像布魯諾這樣的人加入，就連小孩子都知道她們一定會搶破頭。」

假如自己的職場來了個年輕帥氣又有實力的魔法師。

一定每個人都會盯上他，過去的同伴也會變成競爭對手。

這樣確實會引發爭執。

「如果只是隊伍因此解散倒還好，有時甚至還會發生ＰＫ（殺害同伴），或是刻意把受傷的同伴留在魔物領域的狀況。要是這種事情傳了出去，最尷尬的其實是男性成員。」

「畢竟毀了一個原本正常運作的隊伍。身為原因不僅會被人說壞話，之後也無法加入其他隊伍。」

「而且還會被冒險者公會盯上。雖然魔法師不缺工作，但一般的男冒險者可能就會因此走投無路。當然，也有毫不在意這些負評，在各個女性隊伍之間流連的強者。」

這種人大多沒什麼實力，但長得好看，所以還是會有女冒險者讓這種人加入。

「這樣算寄生吧。」

「沒錯。無論男女，都無法一概而論。要是認為女冒險者一定都很辛苦而且是好人的話，年輕人一定馬上就會栽觔斗，你們要小心啊。」

「的確。」

「嗯。」

不愧是長年幾乎每晚都待在廚房，看過各種冒險者的人。

真是上了一課！

「布魯諾當然不用說，在下也必須小心才行！」

儘管只是初級，但在下也是個年輕的魔法師。

冒險者常會互相爭奪貴重的魔法師，或許會有人想欺騙年輕無知的在下。

再加上在下還是個不成熟的未成年人。

多小心一點也沒有壞處。

「感謝你的忠告！在下也會小心！」

「呃，一般來講是這樣沒錯，但你可能是個例外。」

「為什麼？」

「你和布魯諾不同，騙你感覺會很慘，你生氣應該會很恐怖，長相和身材也不像不成熟的年輕人。只要隨機應變就行了吧？」

嗯——在下確實長得高大，外表看起來也比實際年齡大上許多……

但還是不想被人明確地說出來！

「吶，等妳工作做完，一起去玩吧。」

「我還要收拾店面。」

「有什麼關係，交給其他人做就好。」

「這怎麼行。」

「妳這傢伙！居然敢拒絕我的邀約？」

「這位客人，在這裡大喊不太好。」

我們繼續在店內當服務生，但在某個角落的位子，突然有個冒險者客人，和與在下同樣負責招呼客人的酒吧店花起了爭執。

這裡是酒吧，所以每隔一段時間就會有人喝醉酒，開始用強硬的手段搭訕店花。

因為這不是什麼稀奇事，店花也早已習慣這種行為，所以通常會巧妙地敷衍過去。

雖然不必太在意，但情況偶爾還是會惡化，因此我們被吩咐要在這種時候過去幫忙。

現在或許就是該出手的時候。

「沒關係啦，現在就跟我一起去續攤吧。」

「這位客人，我還在上班。」

「不用在意這種事啦。我今天賺很多，妳今天的薪水就由我來出。」

「這樣店裡會人手不足。」

「這有什麼好在意的？」

「這位客人，請你住手。」

「吵死了！你給我閉嘴！」

雖然店長上前制止對店花死纏爛打的男冒險者，但對方完全不肯聽勸，看來是大賺一筆後喝了許多酒。

儘管那位客人確實糾纏不休，但也還不到要叫警備隊的程度，因此就輪到在下出場了。

「交給在下吧！」

「我也去。」

「布魯諾不行。」

在下和布魯諾本來打算去幫店花，但中年廚師唯獨攔下了布魯諾。

「很遺憾，以布魯諾的長相，即使去阻止也只會被那種人小看。還是交給這位大個子小哥比較好。這種事不是人多就好。」

「事情就是這樣！」

在下這副充滿威嚴的長相，也是有利用價值！

「明明是個瀟灑解救這間店的店花，讓她對我產生好感的機會，真是太遺憾了。」

那個店花確實很可愛。

所以才經常被客人搭訕，但布魯諾看起來不像喜歡她，大概是開玩笑的吧。

「那麼，就讓在下去贏得她的好感吧！」

在下立刻去幫那個被喝醉的冒險者客人糾纏的店花。

「這位客人，我們這裡不是那種店！」

在下介入兩人之間如此說道。

「你算哪根蔥?本大爺吉彭可是『曉之旅團』的王牌，你居然敢對我有意見……」

「這位客人，你怎麼了嗎？」

這位客人明明一開始還很威風，結果突然就慢慢退縮了。

即使在下的長相真的很有威嚴，但對方好歹是資深冒險者兼隊伍的王牌。

他不可能會害怕還沒當上冒險者的在下，應該是有什麼原因吧。

必須謹慎一點才行！

「我找這個女孩有事，局外人少多嘴。」

「可是她還在上班，這樣打擾人不太好吧。」

「這跟你沒有關係吧！」

「在下今天也在這間店工作，怎麼會沒有關係。」

「唔唔……」

這個男人明明當眾搭訕女性，個性卻這麼不乾脆。

他果然在打什麼不好的主意！

「吵死了！你給我閃邊去！」

原來如此，不愧是經驗豐富的冒險者。

他判斷空手贏不了在下，所以準備拔出腰上的劍！

但在下早就預料到這種情況。

畢竟在下可是軍方重要人士阿姆斯壯伯爵家的成員。

「別想得逞！」

「什麼？」

冒險者的手剛摸到劍柄，在下的手掌就將他的手連同劍柄一起包住！

阿姆斯壯伯爵家的男子不僅身材高大，手掌也很大，所以代代流傳這種不讓對手拔劍的奧義。

這是在過去戰爭頻繁，貴族都還很血氣方剛時，為了防止城內發生爭端開發出來的技術。

現在只剩下阿姆斯壯伯爵家還在用。

「劍拔不出來！」

「沒用的。」

這點程度的力量，根本無法甩開在下的手拔劍。

「可惡！你是冒險者嗎？」

「在下還只是預備校學生。」

「少騙人了！」

不，在下真的只是未成年的預備校學生！

「你其實是個資深冒險者吧！為什麼在酒吧打工？」

「在下真的是未成年的預備校學生……」

「你怎麼看都不是未成年吧！」

雖然經常被人這麼說，但在下真的未成年！

請相信在下！

「快住手。你太不識趣了。」

此時，從其他座位傳來規勸這名醉漢的聲音。

「你又是誰啊！」

「你真的想知道嗎？人家跟你這個自稱是名人的傢伙可不一樣。」

說完這句話後從座位起身的，是一個雖然身材不像在下這麼高大，但仍算是相當魁梧的二十多歲男冒險者。

他背著一把造型獨特的大劍，所以應該是冒險者沒錯。

但他說話的方式非常奇怪，坦白講跟外表有點不搭。

「你講話的方式也太奇怪了！」

「人家天生就是這樣，所以也沒辦法，而且人家的講話方式又不像你那樣會給別人添麻煩。」

「你有什麼資格說我！」

喝醉的冒險者，對講話奇怪的同行怒吼道。

「你明明被一個還不是冒險者的孩子單方面壓制，連劍都拔不出來，居然還敢對人家怒吼，真是滑稽。」

「你說什麼！本大爺吉彭可是『曉之旅團』的王牌，你居然敢這樣對我說話！」

「人家根本不認識你。畢竟你一點都不有名，論名氣可能還比不贏人家呢。」
「真是大言不慚！給我報上名來！如果我沒聽說過，你可就丟臉了。」
嗯——這個喝醉的冒險者，居然徹底忽視在下。
明明他的手還被在下握住，無法拔劍……
「人家叫坎蒂，人稱『染血坎蒂』。」
「喂，染血坎蒂……是那個沒受任何傷，就獨自殺光一群狂暴熊的染血坎蒂嗎？」
「我聽說他是因為本身毫髮無傷，但全身都沾滿敵人的鮮血，才獲得染血這個外號。」
「原來他也會來這種店。明明沒聽說過他會上酒吧。」
「他看起來很厲害，彷彿一露出破綻就會被他砍倒。」
「雖然講話方式很怪。」
「因為名字叫坎蒂，所以我一直以為他是女的。」
「原來是男的啊。」
「但講話有點像女人？」
周圍開始低聲討論各種傳聞。
雖然在下不太清楚，但似乎有個名字像女性，卻擁有「染血坎蒂」這種危險外號的冒險者，而且就是眼前的這個人。
「居然是染血坎蒂……」

「哎呀，你認識人家啊。那你打算怎麼辦？拜託那個孩子放開你，然後跟人家打一場嗎？一定會很丟臉喔。還是……」

「我要回去了！」

染血坎蒂的名氣非常有效。

喝醉的冒險者慌慌張張地結帳，然後逃也似的離開店裡。

「不好意思驚動大家了。大家繼續開心喝酒吧。」

接著，店內立刻恢復平常的氣氛。

話說回來，居然有明明不是魔法師，卻還這麼厲害的男人……

冒險者的世界真的是充滿未知的驚喜！

真想快點從預備校畢業，以冒險者的身分活動！

「謝謝你，克林姆先生。」

「不，感覺在下沒幫上什麼忙。」

打烊後，之前被醉漢纏上的店花過來向在下道謝，但感覺大部分都是那位「染血坎蒂」的功勞。

「沒這回事吧？畢竟你漂亮地阻止了那個喝醉的冒險者拔劍。」

「雖然偶爾會有笨蛋冒險者一喝醉就亂拔劍，但你能事先阻止真的是很厲害。多虧你先出手，染血坎蒂才能不動手就將那個人趕走。」

布魯諾和酒吧老闆的稱讚，讓在下感到有點開心。

「話說回來，他真的是個高手呢。」

「完全找不到破綻。」

明明從「染血坎蒂」身上感覺不到任何魔力，但他只靠名聲與魄力就趕跑了喝醉的冒險者。

他一定如同那些傳聞，是個幹練的男人。

「雖然講話方式很奇怪！」

「唉，如果和傳聞中的一樣……他似乎自稱是個少女。」

「少女？」

哪有這麼健壯的少女。

難不成，他其實是個善於喬裝打扮成男人的女性？

「再怎麼說都不可能是那樣吧。他生來就是男性，只是本人認為自己是女性。我做這門生意也算是閱人無數，偶爾就是會有這種人。」

原來如此。

一樣米養百樣人。

「克林姆不太在意這種事呢。」

「人本來就無法選擇自己的出生！」

在下也不是自己想要生在貴族家。

大概就是這麼回事吧。

「你不止長得高大，就連器量都很大呢。」

「沒錯，感覺很有男子氣概。」

雖然獲得店長和店花的稱讚，但在下實在沒什麼真實感。

畢竟在下還只是個剛踏入社會的年輕人。

第五話　偉大的魔法師

「今天有一個你們的前輩會來，他會和你們聊聊並指導你們魔法。很期待對吧？」
「老師，是誰要來啊？」
「聽了包準你們嚇一跳！是這代年輕魔法師中最閃亮的新星，艾弗烈·雷福德喔。」
「好厲害！」
「真想讓他親自指導魔法。」
「我也是。」

在下持續過著平穩的預備校生活。
初夏的某天早上，哈克老師突然宣布有位特別講師要來指導我們。
年輕魔法師中最閃亮的新星。
「是誰啊？」
「克林姆，你真的是始終如一耶。你居然不知道艾弗烈·雷福德。」
「他很有名嗎？」

「當然。雖然僅限於在魔法師之間……但我們好歹都是魔法師。」

「在下是第一次聽說這個人。」

「克林姆果然厲害。明明就連那個艾加．崔達都很在意。」

說著說著，布魯諾看向艾加．崔達，那個人確實正興奮地和坐在附近的同學說話。

「艾加，你將來也想成為和艾弗烈大人一樣厲害的魔法師吧？」

「是啊。我不僅想追上他，還希望未來能夠成為超越他的魔法師。」

「以艾加的實力，艾弗烈大人一定會主動找你談話。」

「希望如此。」

「艾加一定沒問題啦。」

他平常應該要再更沉著一點，這表示他真的很在意艾弗烈。

居然能讓班上的天才失去冷靜，那個叫艾弗烈的魔法師應該是個很厲害的人吧。

「我覺得連艾弗烈大人都不認識的克林姆，某方面來說也算是個大人物。」

「是嗎？」

「嗯，我可以跟你保證。」

然後，那個叫艾弗烈的知名魔法師的特別課程終於要開始了。

「他長得好帥。」

「沒想到真的有這麼完美的人。」

雖然比不上在下，但那個叫艾弗烈的年輕魔法師也算是相當高，而且他俊美的臉上，還掛著能讓人產生好感的笑容。

拜此之賜，大部分的女學生都露出陶醉的表情。

「原來如此，確實是個狠角色。」

「是啊。」

另一方面，在下與布魯諾從他散發的氣氛，就能感受到他的堅強實力。

雖然很難說明到底是哪裡厲害，只能說這是魔法師特有的直覺。

「今年……有許多優秀的新手魔法師呢。」

叫艾弗烈的魔法師以溫柔的語氣對我們說道。

在地位高的魔法師中，有許多很難相處，或是因為實力強而表現傲慢的人，因此不論男女，所有學生都對他親切的語氣產生了好感。

「我記得你是叫艾加吧？」

「是的！我叫艾加．崔達！」

「不用那麼緊張。你們只剩不到一年的時間就會成為冒險者，到時候大家的地位都一樣。」

平常總是表現冷靜的艾加．崔達，居然變得如此緊張。

這證明艾弗烈就是如此優秀的魔法師。

從預備校畢業後，所有冒險者都一律平等。

許多學生都被這句話感動了。

然而……

「嗯……」

「（怎麼了？克林姆。）」

「（這句話還真是嚴厲，他真的是個溫柔的人嗎……）」

「（嚴厲？你說艾弗烈大人剛才的發言嗎？）」

冒險者一律平等這種話，乍聽之下是很棒。

但這裡的平等是指成功的機會平等。

除此之外，失敗喪命，或是放棄當冒險者走上其他人生道路的機會也是平等。

在下覺得他想說的是這些事情與出身或身分差距都無關。

「（原來也有這種解讀方式啊。克林姆意外地敏銳呢。）」

「（說意外是多餘的。）」

在下與布魯諾低聲對談時，突然感覺到某人的視線。

往視線的方向看過去後，在下發現那個叫艾弗烈的魔法師正朝這裡露出若有深意的笑容。

「（被發現了嗎？）」

「（那個人在各方面都很厲害呢。）」

雖說是特別課程，但前半堂的內容都是過去的冒險故事，這部分與其他魔法師沒什麼兩樣。
接下來要去校內的廣場進行個人指導，但最引人注目的果然還是艾加·崔達。
畢竟他是天才，所以這也是無可奈何！
接著，輪到這個魔法師班實力第二強的布魯諾接受指導。
「你的將來也令人期待呢。」
「但我的魔力最近沒什麼成長……」
布魯諾稍微看向艾加·崔達，坦承自己贏不了他。
「不需要這麼悲觀。你的魔力還在順利成長，而且你才十四歲，所以一定還有提升的空間。」
「好的！」
得到艾弗烈這名魔法師的稱讚，讓布魯諾感到非常開心。
在那之後，他繼續按照魔力量的順序進行個人指導，在下是排在倒數第四個。
在下目前的魔力量就只有這種程度。
「嗯——你有點棘手呢。」
「棘手？」
難不成！
是指在下很難繼續當魔法師嗎？

「抱歉，我不是那個意思。只是有點難以想像你會成為什麼樣的魔法師。」

「難以想像？」

這表示在下無法像其他同學那樣，獲得接下來該如何鍛鍊，或是作為一個魔法師該朝哪個方向發展的建議嗎？

「在下到底該怎麼辦才好？」

「嗯——你的狀況，應該會成為無法用我至今累積的知識和經驗來衡量的魔法師吧。我的建議可能反而會害了你。你就照自己想的方向前進吧。」

「喔……在下明白了。」

這建議好像有用，又好像沒用。

難得能上特別課程，結果在下只從叫艾弗烈的魔法師那裡獲得難以理解的忠告。

在下的未來究竟會如何發展？

＊　＊　＊

「嗨，艾弗。照顧小孩的事情辛苦你啦。」

「師傅，如果把麻煩的工作都推給弟子，會大幅降低弟子對師傅的尊敬程度喔。」

「不好意思啦。作為回報，我請你喝一杯吧。喝完後就重新恢復對我的敬意。」
「那就先謝了。」
「幸好你是個好打發的弟子。」
「對吧？那麼，我要喝師傅祕藏的珍品。」
「我明白了。」
「喂！老闆！這怎麼行！」
「布蘭塔克先生，你已經答應弟子要請他喝一杯，作為師傅應該要遵守約定。」
「老闆，你也這麼覺得嗎？」
「他只是希望我快點把祕藏的酒喝完，再買新的一瓶吧。」
「雖然放著也沒什麼不好，但酒畢竟是拿來喝的。」
「我知道了……我也來把它喝光！只留一點也沒什麼意思。」
我是個還算有名的魔法師，名氣有時會招來一些麻煩的工作，因此我將那份工作推給了弟子。
其實弟子被認為是年輕魔法師中的第一人，派他去對方應該會比較開心，我也是有考慮到這一點。
絕對不是嫌應付冒險者預備校的小鬼很麻煩。
作為回報，我也請他喝了一杯好酒，這樣就剛好打平了。

雖然我本來打算把這瓶酒保留到更特別的時候……

「那麼，結果如何？」

「有許多不錯的人才呢。」

「印象中是叫艾加．崔達吧？冒險者公會的老人們似乎很看好他。」

畢業生是否能成為優秀的魔法師，也會影響到給冒險者公會的上繳金，所以他們當然會在意。

「他實力不錯，算是個後天努力的秀才。」

「喔——秀才啊。」

聽說艾加．崔達被譽為十年一見的天才，但艾弗覺得他只是個秀才。

看來十年一見的評價是過譽了。

「那麼，我優秀的弟子。可以請問一下為什麼你會稱他為秀才嗎？」

「這個嘛，如果你願意再多請我喝一杯的話。」

「我知道了啦。」

艾弗這傢伙，明明平常很少喝酒，酒量卻非常好。

而且他的舌頭很挑，絕對不喝便宜的酒。

看來只能放棄剛才開的珍藏品了。

「好酒，香氣完全不同呢。」

「酒的評價就算了，快點告訴我。」

「很簡單。艾加．崔達從小魔力量就很高，目前已經有上級水準，而且他的魔力還在持續成長。雖然魔力量高的魔法師常認為只要會施展華麗的魔法就好，但他並沒有受困於這種成見。他對提升魔法的精密度充滿熱情，也努力學習新的魔法。從他是魔法師班的第一名來看，他很認真在學習與魔法有關的知識，想必將來一定能成為一個好冒險者和好魔法師。退休後也不怕找不到工作吧。他是個性格穩重努力的人，也能夠與其他人配合。」

「這不是很完美嗎？」

和我在預備校時的表現不同，完全沒有缺點。

即使和艾弗比……這傢伙原本就靈巧又精明，聽說同學和講師都很喜歡他。

「他和你很像吧？」

「沒這回事。」

「怎麼說？」

優秀又有協調性。

我是覺得艾弗和艾加．崔達很像。

「我也不曉得該怎麼說才好，總之他缺乏強烈的個人特質。」

「什麼意思？」

「這有點難說明……每隔幾年都會出現像艾加．崔達這樣的魔法師。那種人確實優秀，但他們的優秀都在預料範圍內。」

「這有什麼關係。」

在魔力量高的魔法師當中，偶爾會出現人格有問題或缺乏協調性的怪人。

無論再怎麼天才，這種人都很難利用。

「但你不覺得這種人好像少了什麼，讓人覺得無趣嗎？他應該無法在歷史上留名吧。」

「那種魔法師，頂多幾十年才會出現一個吧？」

而且沒有戰爭的和平世界，不需要英雄。

「也就是說，你不會想收這種無聊的『秀才』當弟子。」

我半諷刺地問道，但艾弗小口喝酒，笑著蒙混過去。

艾弗已經能夠獨當一面，就算想收弟子也沒問題，但他不知為何完全沒這個意思。

他一定是連艾加·崔達都看不上眼吧。

「希望有一天，我會遇到能讓我傾囊相授的弟子。」

「但現在還沒遇到嗎？」

「嗯……還沒呢。」

「不過，這次的特別課程，你有遇到比艾加·崔達更令你感興趣的學生對吧？」

我好歹是艾弗的師傅。

所以對他有一定程度的了解。

「沒錯，他的實力還沒完全展現出來，但也可能只是我的錯覺，所以不能告訴師傅他是誰……」

「喔——有這樣的人啊。」

我並沒有親眼見過那些學生。

無法否定艾弗的意見。

「而且，他不是那種需要我指導的人。」

「那是什麼樣的人？」

「我覺得他是大器晚成的類型。而且即使不用我教，他也會自己變強吧。或許總有一天還會超越我。等他變強後，可能會來挑戰我。真是令人期待。」

艾弗說到這裡，就不再針對這件事發表意見。

看來他不想告訴別人那個大器晚成型的新手是誰，就連我也不例外。

「唉，希望你的預測會成真。」

「是啊。」

我不擅長和成長的後輩較勁這種熱血的事情，所以你們就自己去打吧。

話說艾弗這傢伙，最後居然把我珍藏的酒喝掉超過半瓶。

雖然我自己也喝了不少。

第六話　畢業

「各位將在今天畢業。滿十五歲已經成年的同學，可以開始組隊挑戰魔物，若覺得太危險，也可以靠狩獵賺錢。希望各位能好好珍惜僅有的一條命。那麼，恭喜各位畢業。」

「這場對畢業生的演說也太簡短了吧。」

「總比長到讓人厭煩好！」

度過一年的預備校生活後，我們順利畢業了。

因為通常所有人都能畢業，所以當務之急是未來要如何以冒險者的身分討生活。

「布魯諾有什麼打算？」

「有人招攬我。」

「真不愧是你。」

在這一年裡，布魯諾的魔力和會用的魔法都增加了。

他能直接構成戰力，因此非常受歡迎，並早就決定好要加入哪個隊伍。

「克林姆呢？你也算是現成戰力吧？」

「這個嘛……」

在下的魔力也有稍微增加，至今仍在持續成長。

通常即使只是初級魔法師，還是會有很多人要，但不知為何沒有任何隊伍來招攬在下。

「在下的戰鬥方式，是用魔力強化身體直接打死獵物。因為只能近距離戰鬥，所以大家反而更擔心在下會出意外。」

即使冒險者不重視身分，萬一在下不幸喪命……

大家都怕被阿姆斯壯伯爵家報復，所以沒有隊伍願意接納在下。

「真令人困擾。」

這件事不是父親和哥哥的錯，為了不讓他們擔心，在下必須自己想辦法解決。

「需要我幫你問一下隊長嗎？其實我加入的是那個染血坎蒂的隊伍。他的隊伍叫『破曉黃昏』，好像還滿有名的。」

「在下先自己想辦法吧。」

在下認為不能再繼續麻煩布魯諾。

至少自己參加的隊伍，要由自己決定。

「真的沒問題？」

「如果真的沒辦法再拜託你。」

「我知道了。不用客氣，遇到困難就來找我商量吧。」

就這樣，在下婉拒布魯諾的邀約，開始自己尋找隊伍。

＊　＊　＊

「哼！」

「喔喔！又打倒了。」

「你真厲害。」

知難行易這句話真是有道理。

本來以為找隊伍會很困難，結果馬上就有人來招攬在下。

在下加入的是一個叫「劍擊團」，由五名劍士組成的隊伍。他們判斷在下的戰鬥能力沒問題，於是就讓在下加入了。

在下今天也在離王都有段距離的魔物領域，靠用魔力強化過的手臂折斷鹿型魔物的脖子。

新的同伴們開口稱讚在下，他們也在熟練地收拾魔物。

在下依然無法使用放出魔法，現在只能先努力成為一個獨當一面的冒險者。

由於魔力仍在緩慢成長，這部分只能耐心等候。

「克林姆，今天就先這樣吧。準備撤退了。」

「在下還能繼續戰鬥。」

在下向「劍擊團」的隊長表示自己還能再擊倒兩、三隻魔物。

「你是新手，所以我能明白你想立功的心情，但新手如果過於焦急，對疲勞的感覺就會變遲鈍。有些新手因為覺得自己沒事就繼續逞強，結果甚至因此受傷或喪命。等習慣現在的步調後，再慢慢加快步調吧。雖然乍看之下是在繞遠路，但其實這才是最短的捷徑。」

「原來如此。」

不愧是我們「劍擊團」的隊長。

真是冷靜又經驗豐富。

「那麼，回旅館吧。」

「了解。」

話雖如此，包含在下的成果在內，這次「劍擊團」可以說是大豐收。

回到魔物領域附近的村子後，我們將今天的獵物賣給冒險者公會直營的收購場，然後分配報酬。

在下是新手，所以照理說能分到的報酬會比較少，但隊長以「有確實構成戰力」為由，分給在下和大家一樣的報酬。

儘管一開始有些不安，但這個隊伍真的很棒。

不只隊長，其他成員對在下也很親切。

然而，在下還是有一個疑問。

「那麼，既然已經吃完晚餐，克林姆，你就先去睡吧。」

「喔……」

「你還年輕，不好好睡覺會長不大。」

「睡眠不足好像也會影響魔力成長。」

「這麼偏僻的村子，晚上也沒地方玩。」

「你就好好期待能在回王都前存到多少錢吧。」

「劍擊團」每次都會選在王都近郊的偏遠村落住宿，在那裡從事冒險者的工作。

儘管鄉下的獵物確實比較多，但他們不知為何每次完成工作後，都會要在下早點回旅館就寢。

「劍擊團」寄宿的村落，晚上確實都沒有店家營業……

「在下會早點休息，替明天做準備。」

「這樣比較好。」

在下今天也坦率答應會回旅館休息，但在下實在很介意隊長他們晚上都在做什麼，因此便假裝就寢，然後偷偷溜出旅館跟蹤他們。

他們只靠一根火把，就走向村外。

在下不能點火，只能拚命想辦法跟上。

離開村子，在自然形成的無人獸徑走了一會兒後，他們抵達一處位於森林內的空地。

然後，另一頭也有人發現了隊長他們的火把。

看來隊長他們和別人約好在這裡見面。

「山！」

「谷！」

「雖然每次都是相同成員，但還是要按照規矩對一下暗號。話說你們隊裡的少爺今天也沒來嗎？」

「是啊。他出身良好，所以個性十分坦率。而且我們表面上是中間等級的冒險者隊伍，也有確實做出成績，他不可能懷疑我們。」

「真的嗎？」

「之所以讓阿姆斯壯伯爵家的少爺加入，主要是為了擋警備隊。就算是警備隊，也想不到有大貴族子弟加入的隊伍會像這樣走私違法魔法藥吧。」

「說得也是。在王都近郊的山裡製造違法魔法藥，然後讓你們的冒險者隊伍帶到王都銷售。這個方法可以說是天衣無縫。」

「沒錯。所以快把今天的份交給我吧。」

「知道了。」

可惡！虧在下還以為「劍擊團」是支很棒的冒險者隊伍！

沒想到他們居然在走私違法魔法藥。

最讓人生氣的是，他們居然利用在下。

不對！是利用在下的老家阿姆斯壯伯爵家的名號！

這樣下去，在下將無顏面對父親與哥哥！

他們容忍在下的任性，允許在下去外面的世界闖蕩，這個結果讓在下感到十分愧疚！

既然如此，就由在下來逮捕你們！

「等一下！」

「是誰？」

「嘖！是那個少爺！」

隊長，不對，違法藥物走私販！

明明這麼暗，他居然還是認出了在下！

「只要讓在下加入，就不會被警備隊懷疑並躲過搜查，你們是為了這個目的才招攬在下的嗎？」

「那還用說？一般隊伍都怕你加入後死掉會很麻煩，光是願意讓你加入，你就該感謝我們了。」

「可惡……」

「話雖如此，目擊我們的交易現場算你運氣不好。即使你是阿姆斯壯伯爵家的人，我們還是得滅你的口。」

「你們打算抹消在下嗎？」

「只要在這裡宰了你，之後再把你的屍體餵給魔物吃就能湮滅證據。大貴族的少爺因為太過逞強而死這種事，也不是完全沒發生過。雖然或許會因此被阿姆斯壯伯爵家盯上，但只要解散『劍擊團』

另外組隊就行了。」

「為了避免被懷疑，還要重新累積一個隊伍的評價是有點麻煩……但既然是做這種危險生意，該做的事情還是得好好做。」

「劍擊團」。

雖然在下本來就認為所有成員都是認真的冒險者，但沒想到連從事犯罪行為都這麼不馬虎……

現場除了五名「劍擊團」的成員以外，還有五個負責製造違法魔法藥的人員，總共有十個人。

前五個人是實力在中等以上的冒險者，而製造魔法藥的人員當中，至少有一個人是魔法師。

一對十。如果正面對決，在下必死無疑。

既然如此！

「你怕了嗎？」

「明明只要乖乖留在旅館睡覺就好，要知道多餘的好奇心可是會害死……呃啊！」

「廢話太多可是會致命喔！」

對方仗著人多勢眾就完全大意了，所以沒想到在下會發動快攻。

在下全速衝向負責拿火把的「劍擊團」成員，用注入魔力的一擊將其打暈。

現場很暗，只要弄熄火把再混進剩下的「劍擊團」成員當中，他們就無法隨意出手。

如果無法確認在下的位置，胡亂揮劍可能會傷及同伴，雖然不曉得製藥成員中的魔法師實力如何，但隨便施放魔法可能會打中「劍擊團」的人。

總不能攻擊重要的交易對象吧！

「他混進我們之中了！」

「喂！別拔劍！要是砍到同伴怎麼辦！」

「劍擊團」的人果然不曉得在下的確切位置，並因為害怕傷及同伴而無法攻擊。

「隊長！我們先設法找出他的位置……呃啊！」

這樣就打倒兩人了！

「居然一擊就被打倒了！果然是注入魔力的攻擊……呃啊……」

對方必須避免傷及同伴，但在下周圍全都是敵人，只要感覺到別人的氣息就能直接用魔力攻擊。

這樣就打倒三人了！

「喂！坦多利！快用你的魔法想辦法！」

「不行！這樣可能會擊中你們！」

「劍擊團」的隊長向製藥集團的魔法師求救，但對方怕傷及同伴無法使用魔法。

這個狀況應該是難不倒優秀的魔法師，但會參與製造違法魔法藥的魔法師，實力果然不怎麼樣。

畢竟優秀的魔法師不用冒這種風險，就能名利雙收。

偶爾會有不被看重的初級魔法師，因為不滿自己的待遇而參與犯罪。

在下也得小心別變成這樣……

「第四人。」

雖然「劍擊團」只剩下隊長一個人，但還有製藥集團在，所以還是速戰速決比較好！

「即使太暗看不見，但你可別以為我的實力和其他人一樣！找到你了！」

「哼！『岩之拳』！」

不愧是「劍擊團」的隊長。

他在一片黑暗中準確地砍向在下，但在下將魔力集中在拳頭上，成功將劍打斷。

「我的劍！這傢伙真的是菜鳥冒險者嗎？」

「你就是這麼想才讓在下加入的吧？第五人！」

這樣「劍擊團」的人就全都無法戰鬥了。

「『劍擊團』全滅了！這新手也太反常了！坦多利！已經不用擔心會傷到同伴了！快動手！」

「我知道了。這個新手似乎不會用放出魔法，我輕鬆就能獲勝。」

製藥集團的其中一人，命令魔法師同伴攻擊在下。

然而，從他到現在都還沒用「照明」魔法來看，他身為魔法師的實力也沒有比在下強多少。

「我要上了！幫我照明！」

魔法師一聲令下，製藥集團的成員就點燃預備的火把照亮周圍。

他果然和在下一樣不會使用「照明」。

等火把的光照出在下的身影時，那個魔法師的右手已經出現用魔法形成的火焰。

「連『照明』都不會用，真是個沒用的魔法師！」

「你才沒資格說我！你還不是一樣只會用魔力強化身體打人！」

反正我們身為魔法師的實力都不怎麼樣，不需要這麼生氣吧。

「而且至少我還會用『火炎球』！接招吧！」

居然特地預告要使用什麼魔法。

看來他不怎麼習慣戰鬥。

雖然在下也沒什麼資格說別人。

「啊——哈哈！變成焦炭吧！」

「恕難從命！」

這種半吊子魔法師施展的「火炎球」，不可能有辦法將在下燒成焦炭。

而且花這麼多時間施展魔法，對手當然也會擬定對策。

在下抓起暈倒在地的「劍擊團」成員，用他當盾牌。

魔法師放出的「火炎球」擊中那個人，但不出所料，燒傷的範圍並不大。

「果然！你的『火炎球』威力不怎麼強！」

「你也太沒良心了吧！」

「在下才不想被明明是魔法師，卻參與犯罪的你這麼說！在下才不會同情壞人！」

「可惡！」

面對在下的挑釁，魔法師再次放出「火炎球」！

但只要用人肉盾牌防禦就行了。

當然，這招對優秀的魔法師沒用，但即使在下和他一樣都是半吊子的魔法師，還是能輕易應付他的攻擊。

「混帳！」

「那麼，該結束了！」

在下將用來當盾牌的「劍擊團」成員丟向魔法師。

那個魔法師迴避不及，連同被丟出去的「劍擊團」成員一起倒地。

這樣他應該暫時無法戰鬥了。

與此同時，在下全速衝向剩下的製藥集團成員，趁他們失去最強戰力的魔法師陷入動搖時，將他們一一擊倒。

這場戰鬥不到五分鐘就分出了勝負。

「呼……再來就只剩下製造違法魔法藥的工房了。」

這裡遠離人煙，只能找一個製藥集團的成員叫醒他，逼他吐出地點了。

得先想好要怎麼威脅他。

「在那之前，必須先搶走他們的武器，將他們綁起來。」

獨自與十個人戰鬥並獲勝不是件難事，但善後起來非常麻煩。

畢竟在下只有一個人，但這也是無可奈何。

在下重新點燃火把，開始進行必要的處置，等一切都結束後，天已經完全亮了。

＊＊＊

「事情就是這樣，在下順利擊敗了邪惡。」

「但那支隊伍也因此解散了吧。果然無法事事順利。」

在逮捕私造與走私違法魔法藥的冒險者隊伍後，又過了一個星期，在下與一個月沒見的布魯諾碰面。

他今天沒有冒險者的工作，所以來聽在下吐苦水。

雖然檢舉私造與走私違法魔法藥的冒險者隊伍這件事獲得表揚，但在下第一個參加的隊伍不到一個月就解散了。

在那之後，在下接受冒險者公會長時間的偵訊，即使想再找新隊伍加入，得到的回答也都是「我們才不要讓隊伍突然因為那種理由解散的傢伙」。

在下明明是做了正義之舉，為什麼會這麼倒楣呢？

「感覺你明明立下了大功。」

「因為和貴族扯上關係，所以各方面都變得複雜又麻煩！」

在下是在一無所知的情況下加入「劍擊團」。

但有些警備隊和冒險者公會的人並不這麼想。

該不會其實是阿姆斯壯伯爵家和「劍擊團」聯手，一起製造和走私違法魔法藥吧？

儘管調查後立刻發現事情並非如此，但許多貴族希望事實是這樣，並大肆散播這個臆測，結果在下還是給父親和哥哥添了麻煩。

「有些貴族希望阿姆斯壯伯爵家因為醜聞而沒落，好取代他們的地位。結果老家後來費了不少時間與工夫，才洗刷這個嫌疑。」

新手冒險者洗刷自己的嫌疑，並逮捕了製造和販賣違法魔法藥的業者——正常來講，這應該是大功一件，只不過因為當事人是在下，才鬧出這麼大的騷動。

「當貴族真辛苦。」

「因此功勞與負面傳聞剛好抵銷。在下的功勞有跟沒有一樣。最後還被冒險者公會的高層挖苦。」

「聽起來真慘。」

「但確實可能會有這種事。」

「坎蒂先生！」

「答對了——既然布魯諾休假，那人家當然也休假。人家在街上閒晃時，剛好看見你們兩個。」

我們是在戶外的咖啡廳談話，因此就算被染血坎蒂看見也很正常。

「雖然是為了偽裝，但『劍擊團』一直都很認真工作。然而他們現在卻解散了，因此也難怪有人會對小壯有怨言。」

「小壯……嗎？」

「因為是阿姆斯壯，所以叫小壯，很怪嗎？」

「是沒什麼關係……」

「沒關係啊。」

其實在下也覺得這稱呼有點怪，但他（？）的眼神讓在下無法反駁。

坎蒂大人明明不是魔法師，卻散發出遠勝「劍擊團」成員的魄力。

「不過，坎蒂先生。『劍擊團』是犯罪者。」

「對方當然也明白這點。小壯做了正確的事情，他一發現同伴犯罪就將其逮捕，冒險者以外的人都會讚賞這樣的行為，但少了『劍擊團』，會讓冒險者公會的高層收入減少，所以他們當然會有怨言，至於其他貴族則是想扯阿姆斯壯伯爵家的後腿，每個人都有各自的狀況。」

該說坎蒂大人不愧是知名冒險者隊伍的隊長嗎？

他收集情報的能力實在不可小覷。

「另外之所以沒有隊伍想讓小壯加入，單純是因為怕麻煩。即使是目前順利運作的隊伍，也可能因為一些小事分崩離析，這種事很常見。」

在下是阿姆斯壯伯爵家的人，所以可能會為隊伍帶來麻煩……

「在下明明已經離開家……」

「即使小壯這麼想，其他人也不見得會這麼認為。」

「在下無法反駁……」

雖然難得來到外面的世界，但不能再繼續給父親和哥哥添麻煩了……儘管他們都稱讚在下這次做得很好……不過既然無法繼續以冒險者的身分活動，或許得考慮回老家了。

「小壯是個堅強的好男人，所以不可以沮喪喔。『劍擊團』也算是個有名的厲害隊伍，另外雖說只是初級，但製藥集團中還是有個魔法師，你獨自打倒了他們，證明你有一定的實力。要不要加入我們的隊伍啊。」

「真的可以嗎？」

坎蒂大人表示願意接納在下這個可能帶來麻煩的人。

他到底在想什麼？

「人家沒什麼特別的意圖。畢竟小壯能構成戰力，將來的發展也令人期待。」

「但在下是阿姆斯壯伯爵家的人。」

「那又如何？居然為這種小事鬧成這樣，所以人家才討厭冒險者公會的那些老人。還是應該叫他們糟老頭子？冒險者的出身、成長背景、性別和年齡都不重要，只要看實力就夠了。明明那些人自己年輕時，也曾批判高層的老人太在意世俗的眼光。如果小壯還想繼續當冒險者，就來我們這裡吧。」

「那就拜託了！」

「回答得好。以後請多指教啦，小壯。」

「劍擊團」消滅後，在下面臨失業的危機，但後來在下接受坎蒂大人的邀請，加入了他率領的隊伍「破曉黃昏」。

第七話　「破曉黃昏」

「結果我們變成隊友了。」
「再次請你多多指教。」
「各位——有新手加入了。」

在下的冒險者人生，將在今天重新開始。

坎蒂大人讓在下加入他率領的隊伍「破曉黃昏」，並約好要在今天讓在下和布魯諾以外的成員見面。

見面地點是在位於貧民窟角落的一間氣氛冷清的餐廳，聽說那裡晚上是做冒險者生意的酒吧。喧囂的午餐時段結束後，店裡只剩下年邁的老闆娘和我們隊伍的成員，就像把整間店包起來一樣。

「先幫你介紹一下。人家是隊長，擅長的武器是背上的大劍。至於這個大叔……」
「誰是大叔啊！我才三十二歲！」
「這樣已經算大叔了吧。他擅長使用弓箭和小刀，也會設陷阱，雖然懂很多但都不專精。」

「你說誰都不專精啊！」

「總之這個大叔叫波魯托。」

「坎蒂，你再過幾年也會變大叔吧！」

「人家永遠都是少女。」

「少說蠢話了！」

這位中等身材，看起來不怎麼起眼的男性，似乎和坎蒂大人一起組隊了很久。

他們的交情好到能互相開玩笑。

「這個性格比較穩重的人，叫達爾頓。」

「……」

從外表來看，這個人應該是二十幾歲？

儘管身材很寬，但因為體格健壯，所以不會讓人覺得胖。

他似乎是個沉默寡言的人，即使被坎蒂大人介紹，也只有輕輕點頭，然後就立刻回去保養一把巨斧，那大概是他的武器吧。

「再來是布魯諾和小壯，這五個人就是破曉黃昏的所有成員。」

「是這樣嗎？」

破曉黃昏是相當有名的隊伍，而且布魯諾應該也才剛加入不久。

這樣人數會不會太少了……

「大個子，你是不是很納悶為什麼破曉黃昏的規模這麼小？」

「呃……這個嘛。」

難得他們願意讓在下加入，如果還講這種話實在太失禮了。

「別在意。破曉黃昏原本就是這種隊伍。」

波魯托大人告訴在下破曉黃昏這支隊伍誕生的由來。

「破曉黃昏是『成員遲早會畢業的隊伍』。話先說在前頭，可不是從冒險者這行退休喔。簡單來講，就是獨立。」

按照波魯托大人的說明，破曉黃昏似乎是個已經存在一百多年，歷史悠久的隊伍。

「首先，擔任隊伍核心的隊長，會一直在隊上待到從這行退休為止。雖然現在是由坎蒂擔任隊長，但他是被前任隊長指名為繼承人。只要被指名為隊長，除非喪命或從這行退休，否則都會一直率領破曉黃昏。我算是副隊長。雖然我在隊上的資歷比坎蒂長，但我不適合當隊長，話雖如此，我目前也不想加入其他隊伍，所以就以幹部的身分留了下來。達爾頓也加入很久了，但他喜歡這裡所以選擇留下。儘管不是正式幹部，但他也會幫忙照顧新手，就是話少了一點。」

原來破曉黃昏是一支專門培育新手冒險者的隊伍。

隊伍固定會有隊長與兩、三名幹部，然後再視情況讓新手加入並培育他們。

新手受訓完後就會脫隊，有些人是移籍到其他隊伍，有些人是自己獨立創設新的隊伍，舊成員也很樂見這種情況，將這稱作「雛鳥離巢」。

這裡就是這樣的隊伍。

「真是支善良的隊伍。」

「沒錯。但隊伍的這種方針已經持續了百年以上。如果不喜歡也可以離開，這都是你們的自由。無論是大個子或布魯諾，在這裡待幾年並習慣冒險者生活後，都將面臨人生的新選擇。」

原來如此，等在下成為能夠獨當一面的冒險者後，就能自己選擇是要繼續留下還是離開。

在下和布魯諾都是如此。

「大個子，因為你在之前的隊伍遇到那種事，所以可能會覺得坎蒂對你有恩，但拯救這種有前途但運氣不好的新手，也是破曉黃昏的義務。」

「真是太了不起了！」

冒險者的世界只重視實力，一切都要自行負責。

但在下不知道居然還有這種專門接納新手，並積極培育他們的隊伍。

世界真是廣大。

「話雖如此，我們也得討生活，所以基本上只會招攬有前途的新手。雖然許多人都想加入破曉黃昏，但還是通通被我們拒絕了。我們和教會的慈善活動不同，只會接納有希望成長的人。」

即使如此，這樣還是多少能保護有才能的新手，避免他們因為經驗不足受到必須退出業界的重傷或喪命。

破曉黃昏的創立者，是個能為冒險者業界的整體利益做考量的出色人物。

當然，被指名為隊長的坎蒂大人也一樣。
「雖然你的想法也沒錯，但坎蒂招攬新手的眼光有點嚴格。」
「很嚴格嗎？」
「這傢伙一定只會招攬符合自己喜好的男冒險者。自從他當上隊長後，破曉黃昏就沒再招收過女性成員，只剩下一堆臭男人。」
「有什麼關係。無論是布魯諾還是小壯這種類型，人家都平等地覺得『很棒』喔。兩人都是很有才能的魔法師，培育你們這種人，也是人家這個破曉黃昏隊長的義務。」
「這樣也能順便滿足自己的慾望對吧。」
滿足慾望……波魯托大人這句話，讓在下和布魯諾都忍不住警戒了起來。
「人家討厭強迫別人。當然，如果你們也這麼希望就另當別論了。身為少女，人家可是很憧憬難以實現的戀情呢。」
「「……」」
雖然坎蒂大人的嗜好有些偏頗，但總之在下順利加入了破曉黃昏。

＊　＊　＊

「在下要上了！」

經歷了一番迂回曲折，在下加入了破曉黃昏，雖然隊長坎蒂大人平常是那個樣子，但他在工作時非常嚴格。

雖然隊伍的主要目的是培育有前途的新手，但隊長與幹部也需要確保一定程度的收入。

因此，隔天我們就到王都近郊一個魔物偏多的領域工作。

布魯諾從一個月前就處於這種狀態。

透過實戰學習算是相當嚴苛的教育方式，實力太弱的新手可能會因此喪命，難怪不能讓他們入隊。

在下將魔力注入拳頭後衝向魔物，坎蒂大人從後方提出忠告。

「小壯，不可以單獨應戰，要學會注意後方。你有在留意自己會不會擋住布魯諾使用魔法嗎？」

「確實如此！」

因為在下前陣子才獨自打倒十個人，所以不小心就得意忘形了！

今天是五個人一起與魔物戰鬥，而且布魯諾和在下不同，負責從遠距離用魔法攻擊。

如果在下什麼都沒想就衝出去，會妨礙到布魯諾施展魔法。

「抱歉，布魯諾。」

「小壯，你現在是前鋒。要思考怎麼和人家與達爾頓合作。如果被魔物突破我們三人組成的防線，不只是布魯諾，就連在後方用弓箭支援的波魯托也會有危險。」

「了解！」

坎蒂大人表現得與平常不同，不僅嚴厲地指導在下，提出的建議也都切中要點！
不愧是擁有染血坎蒂這個外號的知名冒險者。
在那之後，我們繼續討伐魔物，在中堅隊伍等級的實戰中接受指導，最後總算到了吃午餐的休息時間。
「累死了。」
「我是總算稍微習慣了。」
在下和布魯諾一離開魔物領域抵達休息處，就立刻癱坐在地。
「沒事吧？喝點這個吧。」
實戰一結束，坎蒂大人就恢復成平常的樣子。
他將摻了果汁的冷水遞給在下與布魯諾。
這種隨和的態度，實在不像是知名冒險者隊伍的隊長。
「今天的午餐也是我親手做的喔。」
坎蒂大人也會幫所有的隊伍成員準備便當。
而且還是親手做的，這讓對料理一竅不通的在下驚訝不已。
「你每天都會做便當嗎？」
「當然不可能每天。今天是小壯的第一天，所以人家才特別努力。平常都是拜託昨天的那間店幫忙準備。」

「『夜之槲寄生亭』的便當便宜又好吃呢。」

「即使人家是少女，還是贏不了伊萊莎長年累積的經驗呢。」

坎蒂大人如此回應布魯諾的評論。

昨天那間破……不對，歷史悠久的餐廳兼酒吧的老闆娘，原來是叫伊萊莎啊。

「所以你別客氣，儘管吃吧。」

「「「我開動了。」」」

所有人開始享用坎蒂大人特製的便當，真的非常美味。

即使和阿姆斯壯伯爵家的專屬主廚相比也毫不遜色。

「無論是當冒險者還是當廚師都很優秀，真是令人羨慕。」

「是啊。坎蒂先生連裁縫都很厲害。」

布魯諾表示坎蒂大人之前一下就幫他補好破掉的衣服。

「這傢伙很靈巧，比女性還要會做家事。」

「哎呀，真失禮。波魯托，人家明明是少女。既然是少女，對這種事當然不會敷衍了事。畢竟人家的夢想是當新娘子。」

「「「……」」」

儘管並非魔法師，坎蒂大人仍是個優秀的冒險者，他擅長教學，能靈巧地完成許多事，人格也很完美，但感覺還是不可能嫁得出去。

不過就連已經和他認識很久的波魯托大人都沒指出這點，所有人開始靜靜地享用午餐。

「今天就到此結束。解散。」

自從在下加入破曉黃昏，已經過了約一個月。

在下在實戰時總算不再那麼常被坎蒂大人提醒，並能夠理解單獨戰鬥與團體戰時的行動有哪些差異。

儘管魔力每天都有一點一點地增加，但量實在太少，所以在下的戰鬥方式也沒有改變。

關於這件事，坎蒂大人給的建議是「人家不懂魔法，但既然魔力每天都有一點一點地增加，那就不能因為嫌麻煩而忽略每天的鍛鍊。根據人家的經驗，只要每天都踏實地努力，最後通常都會有成果」。

在下遵從他的建議，每天都有好好鍛鍊。

在下已經逐漸習慣現在的生活。某天傍晚，我們在工作結束後解散，雖然明天休假，但在下還有件事情必須要做。

「搬家？」

「沒錯。」

在下從預備校時期就一直住在一間小房子的閣樓裡，但年事已高的沃格特夫人似乎打算搬去和兒子一起住，之後就會賣掉那間房子。

因此在下必須在一個月內搬出那裡。

儘管事情沒那麼急，但在下還是得開始找新住處。

「原來如此。那克林姆想找什麼樣的房子？」

「只要能睡就好！」

「真是一點都不奢侈的條件呢。」

「因為在下在老家還有房間。」

雖然不曉得是什麼時候，但在下遲早必須回老家。

用不到的私人物品大部分都留在老家的房間裡，用得到的東西只要放在床邊就好，因此在下不需要太寬敞的房間。

「三餐呢？」

「反正在下不會自己煮飯，在外面吃就好。」

等回到老家後，就不能再繼續享受在外用餐的樂趣了，所以沒必要特地自己花時間做難吃的料理！

「那洗衣服和洗澡呢？」

「在下的衣服都是假日一口氣洗完。至於洗澡，在下每天都會燒熱水用毛巾擦身體。」

在下有一件為了工作特別訂製的長袍，以及用來在假日穿的備用長袍，再來就只剩下內衣了。

在下無法使用放出系魔法，但只要將手插進裝了水的桶子裡，就能輕易準備好擦身體的熱水。

平常都是用溼毛巾擦身體，偶爾也會去澡堂。
雖然價格有點貴是個問題，但對離開老家的在下來說，光是偶爾能去澡堂就算很好了。
「大概就是這樣！」
「克林姆，我開始懷疑你是否真的是阿姆斯壯伯爵家的人了……不過我也跟你一起找房子吧。」
「布魯諾也要找房子嗎？」
「我已經成年，而且家裡的生意是由哥哥繼承，所以還是離開家比較好。一起找房子吧。」
「那真是太好了！」
於是，在下和布魯諾約好明天要一起去找房子。

＊　＊　＊

隔天，我們一起去找布魯諾家認識的仲介業者，請他們幫忙介紹房子。今天負責接待的年輕員工，過來向我們打招呼。
「兩位好，我在安桑特不動產擔任主任，名叫里涅海姆。」
「你好。」
「請多指教。」
這個叫里涅海姆的年輕人給人一種難以捉摸，而且非常可疑的印象……唉，不行的話，只要找其他間就好。

「我已經聽說兩位的預算，但我有一個提議。」

「什麼提議？」

「兩位好像才剛當上冒險者不久，而且暫時沒有結婚的打算。」

「沒錯。我不像哥哥已經有未婚妻，在魔法師和冒險者的事業上軌道前，都會維持單身吧。」

「在下也一樣。」

雖然在下不是繼承人，但遲早得回老家。

父親和哥哥可能會勸在下相親，既然他們已經答應在下出外闖蕩的任性要求，至少正妻的人選該交給他們決定。

即使暫時離開貴族世界，在下還是無法擺脫貴族的枷鎖。

但在下還是希望至少能談一次戀愛，這應該是所有貴族的心願。

「所以，我建議兩位可以一起合租，也就是當室友。即使價格一樣，比起各自租一間單人房，兩個人一起合租一棟房子會划算很多。」

原來如此，用兩人份的錢租房子啊。

「這樣招呼朋友也比較方便吧。」

「這提議不錯。克林姆覺得怎樣？」

「好啊。」

雖然房間小也沒關係，但大一點也沒什麼不好。

「前提是要能找到適合的。」

「這部分，就請相信我這個安桑特不動產的里涅海姆吧。」

「喔……」

「先看你介紹什麼房子。」

雖然無法明確說明，但在下總覺得這個男人很可疑。

「這是當然，請讓我誠心誠意地替兩位介紹。那麼，我們出發吧。」

在里涅海姆的帶領下，我們開始前往房子所在的地區。

「首先是這個獨棟的房子。」

我們很快就來到一棟離布魯諾老家走路只要十分鐘，外觀非常漂亮的透天厝。

「咦？以我們的預算，能租這麼大的房子嗎？」

「沒問題嗎？」

無論怎麼想，我們的預算都不可能租得起這棟房子，在下和布魯諾疑惑地看向里涅海姆。

「哎呀？兩位好像在懷疑我？」

「是啊。」

「畢竟哪有這麼好的事情！」

不管再怎麼計算，我們提出的預算都要翻倍才租得起這棟房子。

「其實原因很簡單。」

「什麼意思？難道這裡有惡靈出沒嗎？」

「不，這不是那種凶宅。只是住這裡的人運氣都會變差。教會已經證明這不是靈異現象，住戶也都沒看過幽靈。只是這裡之前的住戶，都遇到了生意失敗、工作被開除或因為意外受重傷的狀況。我認為只是偶然，但上司說這裡的租金可以調低一點。」

「「……」」

在下和布魯諾都只能啞口無言。

話說真虧他能向新手冒險者推薦這種房子。

「克林姆……你覺得如何？」

「在下不太喜歡這裡的格局。」

「明明都還沒進去看過？」

這種不吉利的房子，實在是不適合在意迷信的冒險者！

至少也要會察言觀色吧！

「這樣啊……那麼，這附近還有其他好房子。」

里涅海姆帶我們去參觀其他房子。

那裡確實離第一棟房子不遠。

「這間不錯呢。」
屋齡約十年的獨棟房屋，裡面有四個房間，還有獨立的廚房和浴室。
雖然必須自己燒熱水，但有浴缸這點還不錯。
也難怪布魯諾會喜歡。
「租金大概是多少？」
「呃……大概是這個數字。」
「真便宜。」
「確實是有點太便宜了。」
這麼便宜，背後一定有鬼。
雖然從見面到現在還沒過多久，但在下輕易就能確定這個男人絕對不會無條件介紹便宜的房子。
布魯諾也一樣，對他投以懷疑的目光。
「這裡真的很划算。」
「只要住進去就會死掉嗎？」
「怎麼可能。只是這棟房子的前屋主明明好不容易買到房子，結果馬上就因病去世了。所以他後來變成幽魂，偶爾會來騷擾現在的住戶。」
「這怎麼行……」
即使來騷擾的是最弱的不死族，還是會讓人無法安心入睡。

「他現在不在嗎？」

「那個幽魂非常狡猾，直覺也很敏銳，他不是地縛靈，只要教會派人來淨化就會逃跑。等教會的人一離開，又會重新回到這裡作怪擾人。唉，反正就算他真的現身也只會嚇人，他自己也明白如果直接加害人類，教會就會認真對付他。」

話雖如此，應該沒有人會喜歡家裡有會嚇人的幽魂出沒吧。

原來如此。難怪可以用便宜租金租到這麼好的房子。

「就沒有普通的房子嗎？」

「有是有，但以兩位的預算，條件會變得很差。」

里涅海姆表示符合我們預算的房子都不太值得推薦。

「咦？我的預算應該符合行情……克林姆，你的預算是多少？」

「一百分！」

「這麼低的預算，當然租不到好房子！」

「只要有地方睡就好。」

反正只是離家時暫住的地方。

「如果房間的狀況太糟，可能會因為睡不好而無法消除疲勞，或是外出時容易遭小偷，所以住的地方很重要。你又不是沒賺錢，再把預算提高一點啦。」

「的確，你說的沒錯。」

以新手冒險者來說，我們這一個月算是賺了不少，因此也不是不能提高租房子的預算。
「既然如此……這附近剛好有個適合的地方。」
「你該不會是為了讓我們提高預算，才刻意介紹剛才那些奇怪的房子？」
「才……才沒這回事。我是誠心誠意在為客人服務。」
布魯諾一這麼問，里涅海姆就結巴了起來。
看來真的是這樣。
「總而言之，關於下一個地方……」
「給我滾出去——！」
照理說應該只有我們幾個在的房子裡，突然傳出聲音。
看來那就是傳聞中的前屋主的幽魂。
「從牆壁裡跑出來了！」
「畢竟是鬼啊。」
不知為何，前屋主化身的幽魂居然從牆壁裡跑出來嚇我們。
明明我們馬上就要去看其他房子，看來他終究只是個失去理智的幽魂。
「這裡是我的房子——！」
「這裡已經被你的遺族賣掉，不是你的家了。」
我們已經準備離開這裡，所以在下臨走前對這個礙事的幽魂如此放話。

「吵死了——！這裡是我的房子！」

「客人，還是別太激怒他……」

不管再怎麼弱，都還是不死族。

所以一般人會害怕也很正常……雖然里涅海姆算不算普通人這件事還有待商榷。

「在下只是陳述事實！就是因為拘泥於這種事，他才無法成佛！」

「那個……客人，還是別像這樣激怒他……」

「你這傢伙——」

難得在下溫柔地告訴他事實，但這位死者一點都不聽勸。

那個幽魂衝過來襲擊我們，在下將魔力注入拳頭反擊。

「成佛吧！」

「怎麼這樣——！」

「咦？太扯了吧！克林姆應該不會聖魔法才對。」

「這點程度的幽魂，用拳頭就夠了。」

在下曾經聽說惡靈這類靈體就像是魔力的聚合體，所以覺得注入魔力的攻擊應該會有效，沒想到真的成功了。

前屋主的幽魂，就這樣被在下一拳消滅了。

他一定成佛了吧。

話說回來，沒想到在下居然有這種力量……不過畢竟對手是最弱的不死族……所以也沒什麼了不起。

「克林姆，真虧你能辦到這種事。」

「有這麼困難嗎？只是把魔力注入拳頭打下去而已。」

「如果是我這麼做，應該就不會成功。」

是這樣嗎？

「布魯諾，這棟房子太棒了！租金也非常便宜！」

「是啊。既然打倒幽魂的人是克林姆，總不可能現在才說要漲租金吧？畢竟這棟房子能夠擺脫惡靈，全都是克林姆的功勞。」

布魯諾察覺在下的意圖，搶先警告里涅海姆不能因為房子變安全就提高租金。

他展現出絕不妥協的態度。

「就結果而言，是在下淨化了這裡。所以租金當然不會變貴吧？」

「怎麼可能，里涅海姆應該不會說『既然條件已經不同，當然要按照行情設定租金』這種令人難過的話吧？畢竟他可是誠心誠意為客人服務。我說的對吧？」

「是的……」

布魯諾連珠砲般的發言，讓里涅海姆完全無法反駁，我們就這樣順利便宜租到一棟房子。

「這個家很寬敞，真是不錯。」

「這樣租金一個月只要兩百分，算是非常便宜。」

「本來是不可能有這麼好的事情。」

因為在下偶然成功除靈，在下與布魯諾才能便宜租到這棟房子，並開始準備搬家。

布魯諾的老家就在附近，搬行李過來並不困難，在下幾乎沒有行李所以也來幫忙，整個搬家過程不到半天就結束了。

「但打掃很麻煩吧？」

「不用擔心！」

只有會用到的地方需要打掃！

在下還住在閣樓時，只有偶爾會用掃帚打掃睡床周邊。

「只要完全沒用到，就不會產生灰塵！」

因此在下搬到新家後，也打算只使用床周邊的區域！

「再怎麼說都不能那樣吧。」

「就是啊，克林姆先生。」

「莉茲？妳怎麼在這裡？」

「哥哥的新家意外地近，所以我過來玩也很方便。克林姆先生，好久不見了。」

沒想到布魯諾的妹妹莉茲麗特——莉茲小姐居然來我們的新家玩了。

我們大約已經有一年沒見，長相神似布魯諾的她現在變得十分漂亮。
但布魯諾不喜歡別人稱讚他的外表，所以在下平常不會提起這件事。
「莉茲小姐變得比一年前還漂亮了呢。」
「謝謝你。就算只是客套話，我也很開心。」
「在下還沒機靈到會說客套話。」
如果布魯諾是女性，他們一定會成為知名的美麗姊妹花。
當然，如果講這種話布魯諾一定會生氣，所以只能在心裡想。
「妳是來玩的嗎？」
「當然不只是這樣。話說就算是沒用到的地方也一樣有落塵，所以還是得打掃喔。」
「正常來講是這樣沒錯。」
兄妹一起指出這項事實，讓在下無法反駁。
仔細想想，在老家時都有女僕服侍，所以在下從來沒有好好打掃過房間。
「哥哥做家事的能力也沒厲害到能說別人吧？」
「哈哈哈，妳說的沒錯。」
布魯諾，這不是能夠笑著自豪的事情吧。
雖然他應該馬上就能找到幫忙做家事的女朋友。
「我覺得這沒什麼好自豪的。」

「所以就算價格比較貴，冒險者還是會住旅館。」

只要住旅館，就會有人幫忙打掃房間。

如果另外付錢，就連衣服都會幫忙洗。

對比起做家事，更想把時間用來賺錢的冒險者來說，還是住旅館比較輕鬆有效率。

「哥哥和克林姆先生為什麼要特地租一棟房子呢？」

「嗯——順勢就租了？」

「沒什麼特別的原因。」

「唉……」

在下和布魯諾的誠實回答，讓莉茲小姐非常傻眼。

「我偶爾會像今天一樣過來，這些先給你們。」

莉茲小姐帶了蔬菜、肉、調味料、水果、鍋子和菜刀等調理工具過來——看來她今天是來這裡替布魯諾做飯。

「太感謝了。我們本來還在想得去外面吃晚餐呢。」

「如果一直過這種生活，可是會變成喝醉酒給酒吧女服務生添麻煩的沒用冒險者喔。要好好吃飯再去工作。」

「知道了。」

莉茲小姐應該才剛滿十三歲。

然而，她看起來卻非常可靠。

「我馬上開始做飯。咦？這裡意外地有廚具呢。」

「好像是之前的住戶留下來的。」

「啊，是那個傳聞中，就連死後都很在意這棟房子的人吧。」

「在下用拳頭讓他成佛了。」

「咦——！克林姆先生會淨化惡靈嗎？」

「不曉得為什麼就成功了。」

「好厲害。」

「他有點偏離常理。」

「但威力不強，所以不太能派上用場。」

當天晚上，我們一起享用莉茲小姐幫忙做的晚餐，感覺在下已經很久沒有吃到女性親手做的料理了。

光靠在下和布魯諾果然很難維持這個家，因此我們共同出了一點錢，拜託莉茲小姐定期過來幫忙打掃、洗衣和做飯。

＊　＊　＊

「……事情就是這樣。他是個前所未見，無法用常理判斷的人物。儘管現在還不成熟，但實在難以預測他未來的發展。」

「原來如此，看來我媳婦的哥哥是個非常奇特的男人。」

一旦當上教會的樞機主教，就連不確定是否有用的情報都得收集。

畢竟將來可能會派上用場。

里涅海姆這個男人是在與教會有交情的房仲公司工作，老夫今天向他打聽了媳婦的哥哥——阿姆斯壯伯爵家次男的情報。

雖然他是個魔法師，但沒什麼魔力。

那個家族的特徵是所有人天生就很高大，以及就算不特別鍛鍊也能變得魁梧，他似乎也是活用那股蠻力在當冒險者。

魔力不會遺傳，所以身為軍方重要人物的阿姆斯壯伯爵家出了個魔法師算是件大事，但聽說他作為魔法師的實力不怎麼樣。

然而，他當上冒險者才約一個月，就擊潰了私造和走私違法魔法藥，並擁有一定實力的冒險者隊伍，今天也用拳頭淨化了一個平常只會嚇唬人，但非常擅長逃跑的幽魂，看來他表面上的實力與實際狀況有很大的落差。

「里涅海姆，你覺得那個男人將來會大為蛻變嗎？」

「雖然只是直覺，但我個人願意將所有財產都賭在他身上，真期待他二十年後的表現。」

「這表示他是大器晚成的類型嗎？你真的沒有偏袒他？」
「偏袒？」
「不，當老夫沒說。」
無論里涅海姆再怎麼精明，都不可能知道那個男人是王太子殿下的好友。
他應該認為即使奉承那個男人，也不會有任何好處。
「話雖如此，他表面上的實力應該不會這麼快提升吧？」
「畢竟是大器晚成的類型。既然如此，先放著不管也無所謂吧。」
「好的。雖然以那個區域的獨棟房屋來說，只收那些租金實在是很虧。」
「哼！反正你之後會再找機會漲價吧。而且你還讓人幫忙除掉了一個雖然很弱，但只要看見神官就會逃跑所以無法淨化的惡靈。」
即使派了會使用聖魔法的神官過去，如果無法淨化幽魂就沒辦法期待捐款。
教會至今吃了那個幽魂不少虧。
畢竟從來沒聽說過有幽魂會一察覺聖職者的氣息就逃跑。
「那個男人幫你免費淨化，已經比拜託教會要划算許多。你可別貪心到還想收符合行情的租金啊。」
「是的。霍恩海姆樞機主教深奧的指教，讓里涅海姆佩服不已。」
「哼，老夫之前也有跟你說過吧？在教會這個地方，爬得愈高就離信仰愈遠。」

「真是令人悲傷呢。」

「隨你怎麼說。」

沒想到阿姆斯壯伯爵家的次男居然現在才開始引人注目……

他姑且算是老夫的親戚，希望他將來能夠派上用場。

第八話　克林姆的戀情

「布魯諾！跑去你那裡了！」

「交給我吧。」

「克林姆那裡也有。」

「交給在下吧。」

在下加入破曉黃昏後，已經過了兩個月。

一開始有一部分是為了教育新人，所以主要是在王都周邊活動，但在下和布魯諾都已經大致習慣，所以從昨天開始就換到王都東方約兩百公里的魔物領域狩獵。

這個魔物領域似乎只有內行的人知道，而且雖然沒有直接相連，但仍算是王國直轄地，所以比在貴族領地內的魔物領域狩獵省事。

這是因為在貴族領地內的魔物領域獲得的成果，必須另外繳稅給貴族。同樣要冒風險，還是在王國直轄地內的魔物領域工作比較划算。

王都附近的魔物領域總是有很多人競爭，所以我們才會像這樣出遠門。

「好了，今天就到這裡結束吧。」

坎蒂大人在工作時總是認真又嚴厲，但工作結束後就會變成這樣。

該說他很擅長轉換心態嗎？

「回海克斯鎮吧。波魯托，今天的旅館是你負責預約吧？」

坎蒂大人向破曉黃昏的副隊長波魯托大人，確認今天住的旅館。

「我挑了一間新的旅館。聽說那裡的評價不錯。」

「人家也喜歡乾淨的新旅館，而且人家有預感能在新旅館邂逅好男人和新戀情！」

「你高興就好。」

坎蒂大人和波魯托大人平常講話就是這樣，因此在下、布魯諾和沉默寡言的達爾頓大人，都開心地聽著他們對話。

另外，海克斯鎮就位於魔物領域旁邊，是這塊王國直轄地內唯一的城鎮。

進入城鎮後，我們在波魯托大人的帶領下前往今天住的旅館，路上也看見許多冒險者。

討厭在王都周邊的魔物領域人擠人的同行，似乎都不惜遠道前來。

但這裡的魔物很強，所以只有對自己的實力有自信的冒險者會來。

偶爾也有人會誤判自己的實力，然後死在這塊魔物領域。

「就是這裡。『朝日與冒險亭』。」

「這名字還滿像樣的，而且看起來是間不錯的旅館。」

「如果挑了奇怪的旅館，會有人很囉唆。」
「有什麼辦法。畢竟旅館的好壞可是會影響隔天的狀態。」
說著說著，坎蒂大人和波魯托大人先行走進旅館，其他人則是尾隨在後。
「朝日與冒險亭」似乎才剛蓋好不久，一進去就能聞到木頭的香味。
「真的很新呢。」
「不好意思。我們是之前預約的破曉黃昏。」
波魯托大人發現櫃檯沒人就按下服務鈴，一個年輕男子從裡面走了出來。
他看起來不像老闆，應該是員工吧。
「歡迎光臨『朝日與冒險亭』。已經確認過您的預約，我馬上帶各位去房間。」
在年輕男員工的帶領下，我們前往位於二樓的客房。
一樓沒有客房，是大廳、餐廳兼酒吧，用餐也是在那裡。
年輕男員工在前往房間的路上替我們說明。
「晚餐時，老闆娘會來跟各位打招呼。」
「知道了。嗯——跟年輕男子住同一間房真是太棒了！」
「「……」」
我們訂了兩個房間，波魯托大人和達爾頓大人住一間。
坎蒂大人、布魯諾和在下住另一間。

這種時候，只能恨自己還是新人。
布魯諾一定也是相同的心情。
「是在一樓那個餐廳兼酒吧的地方用餐嗎？」
「員工剛才是這麼說的，我們快點過去吧？」

「我們先占好位子了。」
在下、布魯諾和坎蒂大人來到一樓時，波魯托大人和達爾頓大人已經先占好一個六人桌。
我們一入座，女服務生就馬上過來點餐。
她看起來已經有四十幾歲，其實不太像女服務生。
點完餐後過了約十分鐘，料理就送到了，我們開心地享用這些大分量又重口味，適合冒險者的料理。
冒險者最重要的就是身體，所以大家食量都很大。
布魯諾雖然身材苗條，但其實也很會吃。
「感謝各位今天的預約。」
在我們享用料理時，旅館的老闆娘過來打招呼。
在下停止用餐抬起頭……
「唔！」

「這位客人，您怎麼了？」

「沒事。」

一看見來打招呼的老闆娘的臉，在下的心跳就瞬間加速！

這股內心的悸動究竟是什麼？

老闆娘看起來只有二十歲左右，這麼年輕就當旅館的老闆娘實在太厲害了。

她將綁成一束的黑色長髮垂在右側胸前，除了長相好看以外，她的一舉一動都讓人覺得十分性感。

明明她穿得並沒有很暴露，但在下一看見她就開始小鹿亂撞。

「那個……」

總而言之，必須盡快問她的名字！

「這位客人，您有什麼事嗎？」

「老闆娘，方便請教妳的芳名嗎？我叫布魯諾。」

「這位年輕的魔法師，我叫麗拉喔。」

「妳看得出來我是魔法師嗎？」

「那當然。」

布魯諾！明明在下也想問她的名字！

而且這有什麼好驚訝的！

在下和布魯諾都穿著長袍，就連小孩子都看得出來我們是魔法師。

看來布魯諾也迷上她了。魔法師很受女性歡迎，他打招呼時刻意強調自己的職業，想替自己的第一印象加分！

沒錯……在下也喜歡上了麗拉小姐。

不曉得……這是在下第幾次的戀情？

在下的初戀對象是老家的女僕，不過在下五歲時她就嫁人了。

第二次是哥哥的禮儀老師，但她已經結婚生子，所以在下只能死心。

……雖然不太記得這是第幾次，但在下已經成年，這次一定要讓戀情實現！

「麗拉小姐長得真漂亮。」

「是啊。」

吃完飯回房間後，因為在下已經知道布魯諾也喜歡上這間旅館的老闆娘麗拉小姐，所以開始對他抱持警戒。

布魯諾似乎也一樣。

「小壯，布魯諾，你們知道嗎？美麗的玫瑰都有刺，就跟人家一樣。」

「「喔……」」

雖然知道這個比喻，但在下不認為麗拉小姐有刺。

而且，感覺在下目前也沒資格評論坎蒂大人美不美麗……絕對不是想要逃避判斷！

「人家剛才已經跟櫃檯的年輕男員工打聽過了。」

「是喔……」

看來布魯諾認為坎蒂大人一定是去打聽順便搭訕。

「她已經結婚了。」

「是這樣嗎！」

「那還用說。你以為一個未婚的小姑娘有辦法經營這麼大的旅館嗎？她有個超過七十歲的老公就住在旅館隔壁，雖然目前正在養病就是了。那個人也真行，居然娶了一個小五十歲的老婆。」

麗拉小姐今年好像是二十歲。

和在下相差五歲……但在下已經離家獨立，所以沒有問題！

這點布魯諾也一樣。

「她老公是這間旅館的地主，蓋旅館的錢也是他出的。除了這塊地以外，他在鎮上還有許多土地與不動產，是個大財主呢。」

真虧坎蒂大人能問出這麼多事情。

「是對年齡差距很大的夫妻呢。」

此時，住在隔壁的波魯托大人也進來房間加入對話。

他對這件事也有興趣嗎？

「波魯托先生，達爾頓先生呢？」

「他跟平常一樣安靜地在保養巨斧。他不太喜歡說話。」

的確，在下和布魯諾好像都沒聽過他的聲音……

「先不管達爾頓，那個年輕女老闆是那個老頭的第幾任妻子啊？」

「人家也不曉得詳情，但聽說他在外面有許多愛人，老闆娘是他的第二任妻子。」

這間旅館真正的老闆在年輕時就失去了第一個妻子，之後就一直換愛人。

「他和第一任妻子有生一個兒子，大概是為了避免繼承糾紛吧。」

原來如此。

雖然那位老先生非常喜好女色，但如果和繼室有了孩子，或許會捨不得把遺產留給長子。所以即使處處留情，也不會和她們結婚。

「那怎麼會娶那個年輕女老闆？」

「這也不是什麼稀奇的事情。」

麗拉小姐的父親生前欠那位老先生非常多錢，所以麗拉小姐只好當他的愛人抵債。然而，老先生非常喜歡麗拉小姐，不僅娶她當正妻，還蓋了這間旅館給她經營。

「老先生在這間旅館開張後就病倒了。年輕女老闆是一面看護那位老先生，一面經營這間旅館。」

「喔──那老先生的長子呢？」

「畢竟這個繼母比兒子還要年輕，當初蓋這間旅館時，兩人曾經大吵一架，之後兒子就被禁止出入這裡。有錢人還真是辛苦呢。」

「我比較驚訝坎蒂居然能在這麼短的時間內，把事情打聽得這麼詳細。」

「人家本來是在努力搭訕櫃檯那個男孩子，然後他不知為何就跟人家說了這些事。」

那個員工顯然是為了保護自己，才一直講坎蒂大人可能會感興趣的事情。

「麗拉小姐真可憐。」

「沒錯！那個老先生太過分了！」

居然靠債務逼年輕的麗拉小姐嫁給自己，真是個卑劣的男人。

「你們兩個都太年輕了。麗拉小姐一直有在照顧那位老先生，等老先生死後，她應該能獲得這間旅館、土地和一筆錢吧。最少也要分她這些財產，不然那個長子一定會被人批評。」

「畢竟他都沒在照顧病倒的父親。」

因為能以繼承人的身分繼承父親的遺產，所以兒子有責任要照顧病倒的父親。

既然他將這些事都推給了麗拉小姐，那分這些財產給她也是理所當然。

「這樣你們明白了嗎？不管對方再怎麼漂亮，都不能對別人的妻子出手喔。」

「是啊。這裡很好賺錢，難得出一趟遠門，希望至少能在這裡待一個月，不然就太虧了。你們可以追求其他未婚女子，但放棄那個人吧。」

「不然我們會被趕出這間旅館。再找新旅館也很麻煩。」

坎蒂大人和波魯托大人如此叮囑在下和布魯諾。
麗拉小姐已經結婚啦……真是遺憾。
布魯諾也露出遺憾的表情。
「為了替明天作準備，還是早點休息吧。」
「如果還是對她念念不忘，人家可以代替她喔。」
「睡吧！」
「該睡了！」
在下和布魯諾連忙蓋上毛毯就寢。
雖然在下很尊敬身為冒險者的坎蒂大人，但還是無法把他當成戀愛對象。

「克林姆先生，布魯諾先生，歡迎你們回來。」
「我們回來了。」
「感謝迎接。」
「成果如何？」
「還可以啦。」
「感覺是平均水準。」
「那真是太好了。晚餐已經準備好囉。」

我們在麗拉小姐經營的旅館住了一個星期。
今天打獵完回來後，麗拉小姐出來迎接我們。
她真的是個美麗的人。
慰勞人的時候，她的聲音也是溫柔到極點。
要是她依然單身該有多好。
在下想著這些事情時，年輕的男員工急著跑來找麗拉小姐。
「老闆娘！老爺他！」
「老爺怎麼了？」
「家裡的女僕說他去世了！」
「老爺！」
在旅館隔壁療養的老先生身體狀況似乎突然惡化，麗拉小姐急忙趕去隔壁。
雖然其他員工還是有幫我們送餐，但之前被坎蒂大人盯上的那名年輕男員工，後來告訴我們那位老先生身體狀況突然惡化去世了。
「哎呀，真是不得了。要換旅館嗎？」
「繼續住也沒關係。我們暫時不會接新客人，所以從明天開始就只剩你們這些舊客人。」
「那我們是不是離開會比較好？之後要忙著辦葬禮吧。」
「那個……關於這點，請各位務必保密。」

麗拉小姐和去世的老先生的兒子現在關係非常惡劣，因此似乎想盡快辦完葬禮讓旅館照常營業。

「畢竟她也要討生活。好吧，那就麻煩你們照顧了。」

「謝謝。」

就這樣，這間旅館只剩下我們這些客人，在下不知為何難掩心中的喜悅。

大概是因為之後就更有機會和麗拉小姐說話了。

＊　＊　＊

就在老先生突然去世後又過了兩天，隔天就要舉辦葬禮時，老先生的遺體被安置在之後要送到教會的棺木裡，他的兒子卻在靈前大喊：

「妳這個壞女人！肯定是妳搞的鬼！這傢伙是殺害我父親的殺人犯！」

因為他喊得實在太大聲，我們也跟著跑來看發生了什麼事，一個看起來五十歲左右，想要攻擊麗拉小姐的男子，正被年輕男員工和一個看起來約二十歲的年輕人架住。

在他們旁邊，還站了一個有點年紀的警備隊員。

「怎麼會有警備隊來？」

「說是保險起見，想調查一下巴杜先生的死因……」

「難道他不是病死？」

「沒錯，『探測』魔法檢驗出他體內有毒素。」

那就能夠確定了。

雖然在下不會用那個魔法……

「都是這個壞女人搞的鬼！」

原來如此，所以那位老先生——巴杜先生的兒子才會那麼激動。

「那麼，實際上又是如何？」

「麗拉小姐沒有可疑之處。教會對這種事很了解，我們請他們幫忙後，確定巴杜先生是在死前一個小時被人下毒。通常服毒後，都是過了這些時間才會發作致死。在推定的下毒時刻，麗拉小姐剛好讓巴杜先生喝了他平常習慣喝的花草茶，但當時女僕就在附近，她沒看見麗拉小姐有在飲料裡加什麼東西。」

「她一定是在那杯花草茶裡下毒！」

巴杜先生的兒子堅持主張麗拉小姐是殺人犯。

真是個討厭的傢伙。

布魯諾也用譴責的眼光看向他。

「從巴杜先生用來喝花草茶的杯子裡，沒有檢測出毒物。」

「那是因為被女僕洗過了！」

「那種毒如果只洗一次，一定還會殘留微量的反應。雖然那個分量不會對人體造成影響，但教會的神官都是使用魔法調查，不可能錯過那微量的反應。」

精密的「探測」魔法，能夠探測到極度微量的毒物反應。

換句話說，麗拉小姐是無辜的。

這讓在下鬆了一口氣，但布魯諾也同樣感到安心，讓在下不太能釋懷。

「這個壞女人，一定是用某種方法對父親下毒！」

「講是這樣講，瓦姆先生，你平日與巴杜先生交惡，所以也是嫌疑犯之一。」

「我……才不會做那種事！」

明明懷疑麗拉小姐，結果自己也是嫌疑犯啊……

這個男人該不會是想讓麗拉小姐替自己頂罪吧？

還有原來巴杜先生的兒子是叫瓦姆啊。

「教會之所以會調查巴杜先生的死因，是因為他生前曾拜託教會幫忙保管遺囑，即使有遺囑寄在教會，犯下殺人罪的繼承人還是不得繼承遺產。」

平民之中也有富人，那樣的人死後，在分配遺產時也經常發生紛爭。

如果沒有遺囑，通常是由長子繼承一切，但跟貴族一樣，長子之後還是會分一點錢給底下的兄弟。

聽說常有權限很大的當家製作遺囑寄放在教會，然後讓教會以證人的身分執行遺囑。

如果當家與繼承人互相交惡，或是正式繼承人是個不得了的浪子，很可能會把財產敗光時，就會採取這樣的措施。

平民不像貴族有領地收入或年金可以依靠，只能靠家業來維持財產。他們對浪子的管教，比貴族還要嚴格。

但目前還無法斷定瓦姆是這種人。

「根據教會保管的遺囑，財產將由麗拉小姐與弗里克先生平分。」

「你說弗里克！居然直接跳過我？」

「由我繼承嗎？」

那個叫弗里克的，就是剛才幫忙阻止瓦姆攻擊麗拉小姐的年輕人。

看來他是瓦姆的長子，亦即巴杜先生的嫡孫。

「瓦姆先生，你就是因為知道遺囑的內容，才會毒殺巴杜先生並嫁禍給麗拉小姐吧？」

「原來如此。這麼一來，巴杜先生的遺產就會全部由弗里克先生繼承。雖然瓦姆先生拿不到錢，但他應該是認為由兒子繼承也一樣吧。」

嗯，原來還有這種可能……不對，布魯諾！

你居然若無其事地幫忙證明麗拉小姐的清白，該不會是對剛喪夫的她有什麼企圖吧……

可惡——！在下也不能認輸！

「正好相反吧！是這個壞女人想把罪賴在我頭上！」

「父親，麗拉小姐沒理由做這種事情。」

「怎麼會沒有！她一定是覬覦我們家的財產！弗里克！你別被這個女人騙了！」

弗里克先生似乎與父親不同，對麗拉小姐沒有成見。

「雖然父親瓦姆因為麗拉小姐的事情和巴杜先生大吵一架，然後被禁止進出家門，但兒子弗里克先生還是可以來。他經常造訪這裡，每個星期都會來和巴杜先生吃幾次飯，或是送土產過來。」

「坎蒂先生，你還真清楚呢。」

「人家最擅長打聽這種事情了。」

消息來源是那個男員工吧……

在下發自內心同情他。

「土產嗎？」

「我負責管理祖父在鎮上的土地和房屋，並定期會到附近的村子行商。」

「真令人佩服。」

他沒有因為管理祖父的遺產就四處揮霍，反而還自己做生意賺錢。

是個勤勞的青年。

坎蒂大人對他投以熱情的視線，但不曉得坎蒂大人的戀情未來是否有機會實現？

「弗里克先生經常帶外出行商時買的土產回來給老爺。老爺也很高興，說他和只會依賴現有資產的瓦姆先生不同。」

麗拉小姐對認真工作，並定期會來探望祖父的弗里克先生的印象似乎也很好。

「所以目前有三個嫌疑犯。麗拉小姐、瓦姆先生和弗里克先生。」

「麗拉小姐是清白的！」

即使是警備隊，這樣講話也太失禮了！

「不好意思，負責在麗拉小姐回旅館工作時照顧巴杜先生的女僕也有嫌疑。我們必須不帶成見公平地搜查，這樣才能找出犯人。」

「的確，如果有先入為主的印象，最後或許會做出錯誤的判斷。」

有點年紀的警備隊員重新開始搜查。

在抓到犯人前，巴杜先生的葬禮必須暫時中止，棺木則是交由教會保管。

教會將找魔法師幫忙，用冰魔法防止遺體腐壞。

「犯人一定就是妳！我一定會抓住妳這毒蛇的尾巴！」

在下目送離開前仍不忘口出狂言的瓦姆走出門後，開始拚命思考要怎麼證明麗拉小姐的清白。

如果能證明麗拉小姐的清白，等她幫巴杜先生服完喪後……在下心裡一直在想這些事，並持續思考明天以後該如何行動。

＊　＊　＊

「毒物確實是從口中攝入。如果來源不是麗拉小姐的花草茶，那應該是另外吃了什麼東西。教會調查過巴杜先生的胃後，發現他在喝花草茶前的一個小時才剛吃完午餐。女僕的證詞也證實了這件事。」

「原來如此。這表示餐點可能被人下毒。」

「但如果是這樣，毒生效的時間也太晚了。順帶一提，巴杜先生吃午餐時麗拉小姐不在。有些客人是在旅館吃午餐，所以她當時忙著準備餐點。這點員工可以作證。」

「巴杜先生是一個人吃午餐嗎？」

「不，昨天弗里克先生也有來。午餐是他用帶來的食材做的。女僕還記得菜單，那和教會調查胃部內容物的結果一致。」

「不過既然胃裡同時有午餐和花草茶，就無法確定是哪一邊被人下毒了吧。」

「這就是問題所在。」

「……」

與事件無關，我們隊伍隔天原本就休假，為了證明麗拉小姐的清白，在下與布魯諾決定一起行動。

坎蒂大人也說隨我們高興。

話說回來，布魯諾頭腦真的很好。

他和昨天認識的老搜查員聊了許多複雜難解的事情。

不愧是魔法師班的第二名。

在下……則是從後面數過來比較快。

即使如此！

如果只讓布魯諾一個人表現，在下證明麗拉小姐的清白，博取她的好感，等她服完喪後和她在一起的計畫……就要落空了！

不能讓布魯諾搶先！

「順便問一下，當時使用的餐具、廚具和剩下的食材呢？」

「那些東西都沒有毒物反應。保險起見，我們連旅館的餐具、廚具、食材和麗拉小姐與員工們的手都調查過了，但這邊也沒有毒物反應。這下真的是無計可施了。」

巴杜先生是被毒殺，但不曉得犯人是如何下毒。

擔任搜查負責人的老警備隊員請認識的神官用魔法做了許多調查，所以死因應該沒錯。

「在巴杜先生死前的兩個小時，弗里克先生來和他一起用餐並待了約一個小時。忙完旅館的午餐業務後，麗拉小姐幾乎是與他擦身而過，來這裡替巴杜先生泡茶。」

「那是什麼樣的花草茶？」

「好像是來自遙遠的西方，霍爾米亞藩侯領地產的茶。因為是從遠方運來賣，所以價格十分昂貴。雖然我沒喝過，但教會的神官知道這種茶。那個神官好像是霍爾米亞藩侯領地出身。聽說這種茶有益健康，當地的老人經常在喝。」

「真的只是普通的花草茶呢。這表示麗拉小姐真的只是想讓養病中的丈夫喝對健康有幫助的花草茶。」

「根據從女僕那裡打聽到的情報，巴杜先生討厭有點甜味的瑪黛茶，十分中意這種不甜的花草茶。他從臥病在床前就聽麗拉小姐提起過這種茶，然後就開始喝了。」

這表示要對這種花草茶動手腳非常困難。因為很容易就會被發現。

這能當成麗拉小姐沒有對巴杜先生下毒的證據。

「真是一起棘手的事件。」

「是啊。」

「如果不是花草茶，那就是午餐囉？」

「但午餐時間又比喝花草茶早了一個小時。根據檢測出來的毒物效果，這樣巴杜先生應該會在麗拉小姐替他泡茶時死掉。」

一個小時的時差……說到毒殺就會想到貴族。

在下曾聽父親說過，許多被認為是病死的貴族，其實都是遭到毒殺，在貴族中有許多熟悉毒藥的人。

雖然已經記不太清楚……但在下小時候好像也曾聽親戚的貴族說過這方面的事情。

必須快點想出能派上用場的資訊！

「對了！聽說有藥物能夠延長毒發的時間！」

例如在從被毒殺的貴族身上檢測出毒物的狀況。

為了避免被人透過毒藥生效的時間逆推出犯人，下毒時可能會讓被害人同時服下其他成分，藉此調整毒發的時間。

雖然能夠自由調整毒發的時間，但因為需要仔細計算分量，且毒物的效果可能會被其他毒物中和，所以實際執行起來非常困難。

但這次只有用一種毒。

只要事先有好好調查，就不太可能失敗。

「你是指透過『添加藥』來改變毒生效的時間嗎？雖然我也有聽說過，但這種情況相當罕見。」

和王都不同，這個城鎮的警備隊員應該很少與貴族或大商人的紛爭扯上關係，會這樣想也很正常。

按照父親的說法，添加藥是一種難以取得的特殊藥物。

「而且要把這種東西加進像花草茶那樣的飲料非常困難。」

光是要下毒就已經夠困難了，如果還要再摻其他東西，會更容易被發現。

怎麼想都是混在餐點裡比較容易。

「如果食材裡加了能夠延遲毒藥效果的東西呢？」

「你覺得可能是弗里克先生幹的？可是他……」

布魯諾似乎不認為弗里克先生是犯人。

弗里克先生既認真又優秀，不僅自己有在工作，還十分關心正在養病的祖父。他對麗拉小姐也很溫柔，像他那樣的人，不太可能殺害疼愛自己的祖父。在下也持相同意見。

「但弗里克先生也有動機。只要殺了巴杜先生，再嫁禍給麗拉小姐，他就能獲得全部的財產。」

「真要懷疑起來，只會沒完沒了。」

「這工作就是這樣。因為上司覺得我擅長處理這種事，所以才把我派來這裡。雖然不用幹體力活是比較輕鬆啦。」

在警備隊裡，逮捕強盜和暴徒的工作通常是交給年輕又有體力的人，而如果有像這位老警備隊員一樣的洞察力，就會被派去搜查這種犯罪。

也就是所謂的適材適用。

「既然如此，還是跟他們周圍的相關人士打聽一下比較好，正好有個人提供了有趣的情報。」

「有趣的情報？」

「弗里克先生行商時經常造訪某個村子。那裡種植了各種藥草。」

根據某人的證詞，因為那些藥草能夠賣錢，所以弗里克先生經常到那裡進貨。

「是誰的證詞？」

「旅館的櫃檯員工。是個叫麥克賽爾的年輕男子。」

原來是那個年輕又帥氣，被坎蒂大人喜歡上的可憐人啊。

在下第一次知道他的名字。

「他怎麼會知道這種事？」

「之前麗拉小姐被叫去巴杜先生家時，巴杜先生曾和弗里克先生討論過那個村子的藥草的事。弗里克先生說早知道應該在收穫時期多進一點，但巴杜先生表示那裡有些藥草能加工成毒藥，為了避免被官員懷疑，還是打消這個念頭比較好。」

聽起來只是祖父給可愛的孫子一點忠告。

「但弗里克先生進藥草的村子，確實有種藥草能夠提煉出害死巴杜先生的毒藥。」

這表示有間接證據吧。

「雖然這讓弗里克先生變得有嫌疑，但餐點裡並未檢測出毒藥，所以終究只是推論。」

「確實如此……怎麼了？」

此時，這位警備隊員的部下走了過來，在他的耳邊說了些什麼。

「這個家的廚房，似乎少了一個湯盤。其實我之前有拜託女僕幫忙確認。」

「這表示犯人為了避免裝過毒藥的湯盤被拿去『探測』，將湯盤帶走了嗎？」

「正是如此。」

此時，又來了另一個年輕警備隊員，輕聲在老警備隊員耳邊報告。

「剛才搜索瓦姆先生和弗里克先生的住家時，發現消失的湯盤被埋在他們院子裡的樹根底下。而且『探測』也出現毒藥的反應，這下就能確定了。」

「真的是人不可貌相呢。」

「對啊。」

平時孝順祖父的孫子，居然就是毒殺祖父的犯人。

人果然無法接受原本能夠全拿的財產，變成只剩一半呢。

雖然常聽說人的慾望沒有止境，但這起事件讓人對此更有感觸。

就這樣，這起事件只過一天就順利解決了。

犯人就是巴杜先生的孫子弗里克。

他趁與巴杜先生一起吃午餐時，將行商時取得的毒藥混入湯盤，再偷偷將盤子帶回家，想逃避警備隊的搜查。

弗里克平常就有在經手藥草，所以想取得能讓毒的效果延遲發作的添加藥亦非難事。

按照老警備隊員的說法，巴杜先生胃裡的東西也已經被當成證據保留下來，等解析完那些東西後，事情就能水落石出了。

「我是犯人？庭院裡藏了用來對祖父下毒的盤子？我根本就不知道有那種東西！」

「不過，證據都已經湊齊了。」

「怎麼可能！我兒子不可能做出那種事！」

「瓦姆先生，你也有擔任共犯的嫌疑，請你一同配合調查。」

「誰管你啊！我和兒子都是無辜的！」

「（雖然從弗里克的為人很難想像他會做出這種事，但從血緣關係來看就很有可能吧？）」

「（的確。）」

沒想到爭奪財產這種事能如此蒙蔽一個人的良心，這起事件真是發人深省。

「沒想到弗里克先生居然會做出這種事！他明明不像會做這種事的人……」

「可是，麗拉小姐。」

即使如此，麗拉小姐還是很溫柔。

明明自己也被人懷疑，她還是想替弗里克說話。

簡直就像女神一樣！

「各位，不可以被騙喔。」

「坎蒂先生？」

「坎蒂大人！」

之前允許我們協助搜查的坎蒂大人，突然插入我們的對話。

「不可以被騙，是什麼意思？」

布魯諾詢問坎蒂大人這句話的真意。

「意思是犯人不是弗里克先生。因為他根本就沒有取得毒藥。對吧？」

「是的。當天那個村子的藥草生長狀態還不夠好，所以我只買了祖父喜歡的納馬薩，搭配幾種香草做成烤魚。」

只要問那個村子的居民，馬上就能知道弗里克有沒有買毒藥的材料。

坎蒂大人表示警備隊只要晚點過去確認就行了。

「人家也確認過巴杜先生胃裡的東西，裡面確實有納馬薩和香草。」

沒想到坎蒂大人不見人影的這段期間，居然做了這些調查。

「但從被埋起來的湯盤上，確實有檢測出毒物的反應喔？那怎麼想都是弗里克先生下的毒。」

「真的是這樣嗎？根據你們的說明，毒藥之所以晚一個小時生效，是因為加了延遲效果的添加藥，但視種類而定，這種添加藥有可能無法被『探測』到。實際上在胃裡也沒發現。」

「是因為被消化了嗎？」

「換個角度想，也可能從一開始就沒有什麼添加藥。畢竟這種藥非常難取得。」

「可是，這樣要怎麼讓毒藥晚一個小時生效？」

如果無法反駁坎蒂大人，麗拉小姐的嫌疑就會一口氣加重，所以布魯諾顯得非常拚命。

在下也完全不認為麗拉小姐是犯人，為了以防萬一，在下也在心裡進行和坎蒂大人辯論的準備。

從目前的狀況來看，犯人確實就是弗里克。

「也可能毒生效的時間其實沒有變化。」

「這是什麼意思？」

「很簡單，毒是在巴杜先生死前的一個小時進到胃裡，應該說是在那時候產生的。」

「真是莫名其妙。」

胃裡怎麼可能突然產生毒。

「簡單來講，害死巴杜先生的毒，是自然界常見的毒，能夠從多種植物、昆蟲或魚身上取得。為了從天敵手中保護自己，這些生物會自己製造毒素。」

坎蒂大人講話就像是個學者。

「除了從這些生物身上萃取出來以外，偶爾將兩種植物的成分結合在一起後，也會變成毒藥。」

換句話說，只要同時吃下兩種植物，那些特定的成分就會在胃裡結合成毒藥嗎？

「哎呀，不愧是小壯。在關鍵時刻頭腦轉得特別快。」

這點程度的事情，就算是在下也想得到。

「既然有兩種，那就是麗拉小姐每天泡給巴杜先生喝的花草茶，以及一個小時前的午餐裡包含的植物……是烤納馬薩時使用的香草嗎？」

「布魯諾，你真敏銳呢。」

布魯諾原本就比在下聰明，所以想得到也很正常。

「既然如此，犯人果然是弗里克先生吧？」

「我不知道！午餐用的材料都是隨處可見的食材！」

弗里克繼續大聲主張自己是無辜的。

「最近這兩年，麗拉小姐每天都會泡花草茶給巴杜先生喝。巴杜先生自己也很愛喝那種茶。這點並沒有什麼不自然。反過來看，弗里克先生應該知道巴杜先生每天喝的那種茶，包含了哪些成分。畢竟你是個藥草商人，所以應該也有辦法準備與花草茶的成分結合後，就會變成毒藥的香草吧。」

老警備隊員也將犯人的矛頭指向弗里克。

「的確，這個花草茶從兩年前就有了，但麗拉小姐沒和弗里克先生與巴杜先生共進午餐，不可能知道餐點的內容。」

布魯諾說的沒錯，麗拉小姐當時正忙著替旅館的客人準備午餐。

她沒有時間回家，警備隊的搜查人員也和留在旅館吃午餐的客人確認過，她確實一直在一樓餐廳工作。

麗拉小姐果然是無辜的。

「調查胃的內容物後，結果馬上就出來了。那是一種有點特別的香草，在這附近的產量非常稀少，主要是生長在弗里克先生常去進貨的村子。那裡的量也沒多到能夠賣人，村民們只有烤魚時會拿來去除腥味。經常出入那個村子的弗里克先生，應該也知道這件事吧。」

「我不知道！雖然那個村子裡有幾種珍貴的香草和藥草，但我不知道哪種在和花草茶的成分結合後會變成毒藥，就連這些事我都是第一次聽說！」

「可是，麗拉小姐更不可能知道。」

她是旅館的老闆娘，不是研究者。

「那花草茶呢？那是西部的特產吧？」

「雖然在這裡很罕見，但也不是買不到。實際上在鎮上的店家就能買到。另外儘管無法判別種類，但在巴杜先生胃裡的內容物裡，找到了有一部分還沒被消化的香草，我們萃取那種香草的成分後，確定和花草茶混合後會變成毒藥。外行人不可能知道這種現象。」

只有會採購藥草的弗里克，有可能具備這方面的專業知識。

「雖然烤納馬薩會用到很多種香草，但調查過廚房剩餘的食材後，我們在裡面發現了關鍵的香草。既然午餐材料是弗里克先生帶來的，那這個香草一定也是你準備的。」

老警備隊員也幾乎確信弗里克就是犯人。

「只要麗拉小姐被當成犯人逮捕，弗里克就能繼承巴杜先生的所有遺產！」

「沒錯。他有充分的動機。」

「看來事情已經有結果了。」

老警備隊員一打信號，年輕的警備隊員們就同時壓制了弗里克和瓦姆。

「我什麼都不知道！」

「我和兒子都是無辜的！」

「這些話等你們被押回去後再說吧。把他們帶走。」

「我是無辜的！」

「犯人一定是那個壞女人——！」

看見這對父子被架回警備隊的基地後，在下很高興麗拉小姐的清白終於被證實了。

「布魯諾，你也是嗎？」

「克林姆，你也一樣嗎？」

不過，這場圍繞著麗拉小姐展開的爭奪戰還沒結束。

弗里克與被認為是共犯的瓦姆遭到逮捕後，事件總算逐漸落幕。

現在旅館裡只剩下我們這幾個客人，在一樓的餐廳吃晚餐時，麗拉小姐一臉愧疚地過來打招呼。

「這次真的給各位添麻煩了。」

「妳不需要在意這種事啦。」

「沒錯！麗拉小姐一點錯也沒有！」

「居然想把自己犯的罪嫁禍給別人，那個叫弗里克的男人真是太卑鄙了！」

她明明一點錯也沒有，真是位謙虛的女性。

無論要花幾年的時間，在下一定會讓她獲得幸福。

才不會輸給布魯諾呢！

「巴杜先生的葬禮還沒辦完，接下來才要開始辛苦呢。」

「是的，應該會由我來擔任喪主。」

既然被害人的兒子和孫子都因為殺人罪被補，那當然只能由身為妻子的麗拉小姐來主持巴杜先生的葬禮。

「妳沒問題嗎？」

「麥克賽爾他們也會幫忙。」

麗拉小姐向坎蒂大人說明旅館的員工也會幫忙喪禮事宜。

他們似乎是站在麗拉小姐這邊，這樣在下就放心了。

「畢竟他的親戚們現在是那個樣子。」

「是的……」

在瓦姆和弗里克這對父子被警備隊逮捕後，他們的親戚一聽說麗拉小姐可能會繼承巴杜先生的所有遺產，就開始隨便中傷她。

明明就算那對父子不是犯人，那些親戚也沒權利繼承遺產，真是一群無聊的傢伙。

麗拉小姐果然需要一個堅強的男人保護！

「說到麥克賽爾……」

那位年輕的男櫃檯人員正在餐廳工作，坎蒂大人再次對他投以熱情的視線。

坎蒂大人似乎還沒放棄，真是辛苦他了。

「麥克賽爾給人的感覺很可靠呢。」

「因為他負責率領其他員工。」

也就是說，他實質上是這間旅館的第二號人物。

「這樣啊。那他在來這裡之前，是在哪間旅館工作？」

「不，他之前是在當旅行商人。」

「你們認識嗎？」

「我們是同一個村子出身。雖然以前在村子裡沒什麼機會接觸，但僱用他時發現這點後，就讓人覺得倍感親切。」

「冒險者偶爾也會這樣呢。」

聊天時發現出身地一樣或接近，然後愈聊愈起勁，就這樣變成了好朋友。

很遺憾，在下沒有這種經驗。

「葬禮的時間決定了嗎？」

坎蒂大人如此詢問麗拉小姐。

「目前是排在三天後。雖然有很多事情要準備，但幸好教會願意幫忙保管遺體。」

葬禮會延遲也很正常，畢竟這段期間發生了太多事情。

「三天後，請讓我們也一起參加葬禮。畢竟這也算是某種緣分。」

「謝謝你們。這樣老爺在另一個世界也會很開心。」

麗拉小姐向我們低頭致謝。

她還是一樣賢慧。

「大家都沒問題吧？」

「當然。」

「我也會參加。」
「好啊。」
「……（點頭）。」
破曉黃昏的成員全都贊成參加葬禮，因此我們三天後也會排休。

＊　＊　＊

「差不多該去教會了。」
「現在出發是無所謂，但坎蒂你這兩天到底都在幹什麼？」
「這是少女的祕密。」
「你每次都這樣講！」
三天後，我們離開旅館，前往教會參加巴杜先生的葬禮。
波魯托大人在路上詢問坎蒂大人為什麼這兩天工作都休息。
但他一如往常地用「少女的祕密」蒙混過去。
「算了啦，波魯托先生。坎蒂先生一定是認為我們已經有進步，足以構成戰力了。」
「布魯諾從一開始加入時就已經足以構成戰力，只是作為冒險者還不夠熟練而已。你現在已經沒問題了，所以人家才有餘裕翹班處理『少女的祕密』，小壯也一樣。」

「原來是在測試兩個新人的能力啊。」

「畢竟世事難料，有時候或許會意外少一個人，這是在訓練你們應付突發狀況。兩個人都合格了。」

「既然如此，就早點告訴我啊。」

「要是先告訴波魯托，你演起來就不像了。」

說著說著，我們一行人抵達教會，離葬禮開始還有一點時間，會場裡的人並不多。

「非常感謝各位今天能夠過來。」

麗拉小姐一發現我們，就過來打招呼。

「（麗拉小姐穿喪服也很漂亮呢。）」

雖然在下也同意，但布魯諾你的表情也太明顯了。

「（小壯，你的口水都快流出來了。）」

難道在下的表情也明顯到讓人忍不住提醒嗎？

就在這時候，有個意外的人物走進教會。

那就是負責偵辦殺人事件的老警備隊員。

他應該正忙著偵訊之前逮捕的瓦姆和弗里克才對。

為什麼會跑來這裡？

難不成是那對父子坦承犯行了嗎？

「感謝你百忙之中抽空前來。」

麗拉小姐上前打招呼時，也顯得有些意外。

「雖然事情已經過了幾天，但請妳節哀順變。」

老警備隊員看著前方的巴杜先生的棺材，向麗拉小姐打招呼。

「突然被指名為喪主，應該很辛苦吧？」

「是的，幸好有員工們幫忙，才勉強度過難關。」

「原來如此。員工當中，也包含了妳最信賴的麥克賽爾吧。」

「是的……」

老警備隊員不知為何突然提起麥克賽爾先生，讓麗拉小姐露出驚訝的表情。

雖然是基於職業特性，但他該不會是在懷疑她與麥克賽爾先生的關係吧？

如果是這樣，就太低俗了！

因為麗拉小姐有說過她和麥克賽爾先生沒那麼親密。

「這也是當然。雖然妳告訴坎蒂先生你們只是同一個村子出身，沒有特別親密，但其實你們曾經有過婚約。要不是巴杜先生從中作梗，你們早就結婚了。如何？妳要罵我說謊嗎？」

「……」

老警備隊員的質問，讓麗拉小姐陷入沉默。

沒想到麗拉小姐和麥克賽爾先生居然是那種關係……

「坎蒂先生說你們兩人的關係非常可疑。他覺得妳在說謊，於是親自去那個村子調查，並從認識你們的村民那裡得知了這項事實。麗拉小姐和麥克賽爾先生原本早已互許終身，然而麗拉小姐的老家因為經商失敗欠下大筆債務，將妳賣給了債主巴杜先生。」

「……」

「麥克賽爾先生，你的本名是伊茲克吧？失去原本互許終身的戀人後，你為了賺錢離開家鄉當旅行商人，但一個人行商賺的錢，根本就不足以替麗拉小姐償還債務。即使如此，你還是無法放棄麗拉小姐，所以就用假名在巴杜先生底下工作。我說的沒錯吧？」

「……」

面對老警備隊員的問題，麥克賽爾先生也只能沉默以對。

「既然你們都無法放棄彼此，那不用想也知道你們會打什麼主意。雖然比不上弗里克先生進貨的村子，但你們的故鄉也自然生長了一些藥草和香草。麥克賽爾先生，不對，伊茲克先生。在巴杜先生去世前一個星期，你曾經請假，然後偷偷到故鄉附近的山裡採取野草吧？你當時有被村民看見。坎蒂先生在那個地點發現了跟之前剩下的藥草相同的東西。你對這件事有什麼看法？」

「……」

麥克賽爾——伊茲克依然保持沉默。

不過沒想到坎蒂大人在休假的期間，居然做了這些事情……

「原來如此，麗拉小姐的不在場證明非常完美。這是因為她中午一直在旅館工作，讓伊茲克先生代替她將從村裡採回來乾燥的香草，偷偷放到巴杜先生家的廚房。你是備受信任的員工，偶爾會去那裡辦事或找麗拉小姐，因此女僕就算看到你在家也不會懷疑。實際上，女僕當天也有目擊你出現在家裡。你當時用的藉口是『旅館的調味料突然不夠，所以麗拉小姐叫你到家裡拿』吧？廚房裡放著弗里克先生自己乾燥，準備用來做菜的香草和藥草。伊茲克先生趁機將之前準備的香草混進去。那些食材後來就這樣被用在烤納馬薩上。雖然單獨使用時只是普通的香草，但與麗拉小姐準備的花草茶混在一起就會變成毒藥。順帶一提，伊茲克先生是在兩年前被巴杜先生僱用，聽說他當時的身體狀況就已經很差了。你以前行商時，好像也有賣那種花草茶。另外在巴杜先生去世，大家都亂成一團時，你這個旅館的第二號人物居然親自去瓦姆先生家通知他？考慮到麗拉小姐和瓦姆先生關係惡劣，這實在是很不可思議，你就是趁那時候將那個湯盤帶去庭院埋起來吧？趁發生騷動時從廚房偷走一個盤子應該不難吧？你有什麼想反駁的嗎？」

這表示毒殺巴杜先生的犯人，是麗拉小姐和伊茲克嗎？

一切都是為了讓麗拉小姐擺脫巴杜先生，和過去互許終身的伊茲克在一起。

而且，居然從兩年前就開始預謀犯罪……

「然而，目前只有一些證詞和證據，伊茲克也很可能是自己失控犯案。」

「沒錯！我什麼都不知道！我承認以前曾經和伊茲克交往過，但那都是過去的事情了。之所以僱用使用假名的伊茲克，也是因為他做生意失敗變得窮困潦倒後，就跑來威脅我說要揭發過去的事情……」

「你真是個過分的男人！」

布魯諾的頭腦果然很好。

居然一下就看穿麗拉小姐是被伊茲克用過去的事情威脅，不得已只好僱用使用假名的伊茲克，以及他後來失控毒死巴杜先生的事情。

「曾經當過旅行商人的伊茲克，當然具備和藥草有關的知識，但麗拉小姐就不同了。兩年前向麗拉小姐推薦花草茶的人也是伊茲克吧。那個花草茶本身只是一種西方常喝的飲料，所以麗拉小姐也不疑有他。」

的確，混在一起會變危險的藥草，原本就數量稀少。

伊茲克知道自己村子附近就有那種香草，也知道弗里克先生平常進藥草的村子裡有自然生長的香草……所以才用這種方式讓他被懷疑。

「只要把罪名嫁禍給能夠繼承巴杜先生一半遺產的弗里克先生，麗拉小姐就能繼承所有遺產。你是打算等風頭過了，就與她再續前緣吧。真是個過分的男人！」

「你這男人真是太卑劣！」

在下與布魯諾一起譴責伊茲克的惡行。

不僅威脅已經分手的麗拉小姐給自己工作，還為了讓她獲得所有遺產犯下殺人罪，企圖之後與她再續前緣。

「我是按照麗拉的指示！」

「我什麼都不知道。」

看吧。

居然惹麗拉小姐哭泣。

雖然女性的眼淚非常美麗，但還是不應該讓她們哭泣。

「你還真是不死心！」

「快認罪吧。別以為能從我這個魔法師手中逃跑。」

布魯諾！

你又想在麗拉小姐面前耍帥了！

「好了好了——小壯和布魯諾都冷靜一點。你們還年輕，所以想相信自己喜歡的漂亮姊姊吧。但身為一個少女，人家可是很清楚女人的眼淚有多恐怖。」

「沒錯。我今天來不只是要逮捕伊茲克先生，也要逮捕麗拉小姐。」

「我是無辜的！」

「妳還想裝傻嗎？再讓一個人出來說明吧。弗里克先生。」

老警備隊員一聲令下，之前在葬禮會場被逮捕的弗里克和瓦姆就走了進來。

「麗拉！妳太過分了！我怎麼都沒聽說過妳和麥克賽爾的關係！妳明明說過等狀況穩定下來後，就要跟我一起生活！」

「「「「「「「咦？」」」」」」」

此時登場的弗里克的發言，讓所有人都驚訝得瞪大了眼睛。

麗拉小姐和弗里克，居然是互訂終身的關係？

「這個蠢兒子！居然被這個壞女人給騙了！」

不知為何和弗里克在一起的瓦姆，開始生氣地斥責兒子。

「像弗里克先生這樣的年輕男性，怎麼可能這麼頻繁地來探望祖父？但如果能夠以此為藉口偷偷和麗拉小姐約會，那他當然會開心地一直來。」

「麗拉！我怎麼都不知道這件事！妳打算把所有罪名都推到我身上，和老頭子的孫子一起獨占所有財產嗎？居然把所有骯髒事都丟給我做！」

「麗拉，妳不是只愛我一個人嗎？」

「麗拉！妳也是共犯吧！妳兩年前說想殺掉老頭，還說等老頭死後，就能跟我結為夫妻！」

「……」

面對伊茲克和弗里克的逼問，麗拉小姐一直保持沉默。

同時被兩名男性逼問，應該很可怕吧。

「小壯啊，不可以被女性的外表和表面的言行欺騙喔。布魯諾也一樣。」

「是……」

「了解……」

伊茲克不斷逼問麗拉小姐，是不是想把罪都推到他身上自己逃跑。

弗里克先生則是因為和麗拉小姐有曖昧關係，所以被捕時也無法好好辯解。

這起事件的結局非常老套，是老資產家的年輕妻子拉攏舊情人，花兩年時間精心策劃的犯罪行為。

麗拉小姐和伊茲克在葬禮開始前被警備隊逮捕，在下與布魯諾的戀情以非常遺憾的結局告終。

巴杜先生的葬禮結束後的隔天，我們在旅館一樓的餐廳發呆。

「……這世界真是太空虛了。」

「女人好恐怖……」

「幸好今天也休息。這兩個傢伙都變廢人了。」

「沒辦法，他們還年輕啊。對了，讓人家用特別的方法來安慰他們吧。」

「千萬別這麼做。對吧？達爾頓。」

「……（點頭）。」

麗拉小姐和伊茲克，應該正在被警備隊嚴厲地偵訊吧。

由於幾乎能確定是那兩人聯手謀害巴特先生，因此瓦姆和弗里克都被釋放了。

結果巴杜先生的遺產全都由孫子弗里克繼承，這間旅館以後也會改成由他經營。

雖然他沒有經營旅館的經驗，但打算和剩下的員工一起努力。

瞞著疼愛他的祖父偷偷和繼祖母發生關係，甚至還約定等祖父死後要在一起。

就是因為懷抱著這樣的祕密，弗里克之前才無法好好辯解，甚至因此遭到逮捕，他應該很想找個洞鑽進去吧。

確信麗拉小姐無罪，所以一直逼問弗里克的在下和布魯諾，真的是相當滑稽，但弗里克笑著原諒了在葬禮結束後跑去道歉的我們。

畢竟在下和布魯諾都和他一樣，都是不敵麗拉小姐美色的同胞。

「我現在一點幹勁也沒有。」

「女人好恐怖！」

在下與布魯諾盯著喝到一半的飲料，努力治癒內心的傷口。

「莉茲也會變成那樣嗎？」

「莉茲小姐應該不會吧。」

布魯諾的妹妹莉茲小姐，是個非常好的女孩。

她偶爾會來我們家幫忙打掃、洗衣和做飯，非常照顧我們。

「你們兩個遲早會遇到好女人啦，就像我一樣。」

這麼說來，波魯托大人好像已經結婚了。

不曉得他太太是什麼樣的人？

「波魯托說的沒錯。不然人家特別來安慰一下你們吧？」

「別鬧了。」

在下敬謝不敏，布魯諾一定也一樣。

抱著這樣的想法，在下一口氣喝完飲料。

「這位客人，請問要續杯嗎？」

「喔喔！麻煩再來一杯！」

「我知道了。」

是沒見過的女服務生！

真是個可愛的人！

「我也要再來一杯。妳是新來的員工嗎？」

「是的。」

「叫什麼名字？」

「我叫珊蒂。聽說幾位客人還會再住一段期間，請多指教了。」

「請多指教。我叫布魯諾，是破曉黃昏的魔法師。」

「是魔法師啊。真厲害。」

「還好啦。」

布魯諾！在下才剛覺得這女孩不錯，你就已經振作起來，想要偷跑嗎？

「在下也是破曉黃昏的魔法師，名叫克林姆。」

「有兩位魔法師啊。真是厲害。」

「還好啦。」

布魯諾！這個女孩將會與在下交往！

「真的馬上就恢復精神了呢。」

「可不是嗎？這就是年輕人啊。」

最後我們在這個地區待了約一個月，珊蒂小姐已經有未婚夫，在下和布魯諾又再次失戀了。

第九話　探索神祕的巨大生物

「早安。」

「早安，小壯。昨天的武藝大會，你表現得不錯呢。」

「明明只打到第四戰？」

「能打到第四戰就算很厲害了。人家十年前在第三戰就輸了。」

「坎蒂大人也有參加過嗎？」

「人家十年前還沒那麼強。」

因為老家的關係，在下有義務參加昨天的武藝大會。

在下是貴族，而且還是軍系貴族的重要人士阿姆斯壯伯爵家的次男，不能不參加，所以昨天就請假出賽了。

貴族或貴族子弟必須參加劍術部門，在下也用不習慣的劍出賽，勉強晉級到第四戰。

「人家有去看喔。年僅十二歲就獲得劍術部門優勝的瓦倫弟弟，真的是又強又可愛。」

「喔……」

這次最受關注的選手，就是初次參加便打倒許多成年強者獲得優勝的瓦倫少年。

他是貴族子弟，之後應該會被王太子殿下招攬吧。

在下也有看他的比賽，那種程度的天才，甚至會讓人無法產生悔恨的心情。

「小壯，下次替人家介紹吧。」

「在下根本就不認識他。」

王國有許多貴族，不可能每個人都互相認識。

「真遺憾。那就來談今天的工作吧。」

在下與坎蒂大人來到平常集合的「夜之槲寄生亭」時，發現其他人都已經到齊了。

「克林姆，你昨天參加了武藝大會吧。」

「布魯諾也有去看嗎？這是貴族的義務。」

不然在下絕對不會參加。

而且也不想再參加第二次了。

「那麼，這次的工作內容是要捕捉『帕西』。」

「帕西嗎？」

在下沒聽過這種魔物。

「布魯諾知道嗎？」

「我也是第一次聽說……」

遺憾的是，布魯諾也不知道這種叫帕西的生物。

「因為是棲息在王都南方的『帕斯湖』，所以被稱作帕西。目前還不曉得牠是動物還是魔物。只知道體型龐大，還有定期會傳出目擊情報。」

因為棲息在帕斯湖所以叫帕西，這命名真是沒創意。

「是要捕捉那個神祕生物嗎？不是討伐？」

布魯諾對坎蒂大人提出這樣的意見，他認為要捕捉那麼巨大的生物非常困難。

「可以的話最好是活捉，但最差只要有屍體就能交差吧？當地已經連續超過三十年提出這樣的委託，這次應該也不太可能達成吧？」

「要保留屍體嗎？」

「帕斯湖一點都不有名，但姑且是個觀光地。如果有屍體，就能做成標本展示。」

會有觀光客來看那種標本嗎？

「克林姆，你知道那座湖嗎？」

「不知道呢。」

貴族和有錢人平常會去有名的河川或湖泊避暑，但在下從來沒聽過帕斯湖。

大概是冷門的避暑地吧。

「不要接那種委託啦。對吧？達爾頓。」

「……（點頭）。」

波魯托大人向坎蒂大人抱怨，要他別接這種不管怎麼想都不可能達成的委託。

達爾頓大人也點頭贊成。

「沒辦法。這有一部分是要賣人情給冒險者公會。那附近有個魔物領域，主要的目的是去那裡狩獵。」

「賣人情？」

「這項委託已經拖了三十年都沒人能夠完成吧？委託人每年都會催促冒險者公會。帕斯湖是某位子爵的領地，既然對方是貴族，冒險者公會自然不敢怠慢。所以定期會接受委託，表現出有努力過的樣子。」

「說得真白啊。」

「除此之外，只要接受這項委託，在那附近的魔物領域取得的成果都不用支付稅金，只要繳錢給冒險者公會就好，這不是很划算嗎？」

「如果有這種好處倒還能接受。對吧？達爾頓。」

「……（點頭）。」

原來如此，只要接受尋找帕西的委託，那位子爵就不會跟冒險者收稅啊。

坎蒂大人真是精打細算。

「唉，如果沒有這樣的條件，根本不會有人願意接這種工作。對了。反正這個帕斯湖的工作就跟去玩差不多，布魯諾，你要不要找妹妹一起來？她平常很照顧你吧？」

「三個？」

「莉茲、妮娜和人家，加起來不是三個人嗎？波魯托，你視力變差了嗎？」

「不好意思，我就只有視力好這個優點。畢竟是弓箭手。」

完成在巴托子爵領地內的魔物領域的工作後，我們前往位於同領地的帕斯湖，名義上是為了工作，實際上是去玩。

在坎蒂大人的建議下，布魯諾也帶了妹妹莉茲小姐一起來。在下不認識其他女孩子，所以只邀請了妹妹妮娜。

坦白講，在下本來以為妮娜不會來，沒想到她很乾脆就答應，還來帕斯湖附近的旅館與我們會合。

妮娜是貴族的大小姐，所以需要護衛，一個看起來三十歲左右，打扮得像個管家的男子站在她後面。

「克林姆，那個看起來像管家的人，是阿姆斯壯伯爵家的家臣嗎？」

「不，在下沒見過他。」

「不好意思這麼晚才自我介紹，我是霍恩海姆子爵家的管家賽巴斯汀。聽說妮娜大人要和克林姆大人一起出外避暑，所以就緊急派我過來幫忙了。請各位多多指教。」

「你是霍恩海姆子爵家的人？」

「是的。妮娜大人是霍恩海姆子爵家未來的媳婦，所以就先派我過來了。」

他應該是來照顧和監視妮娜的吧。

畢竟是貴族的未婚千金外出避暑，為了避免她被壞男人纏上，必須派人監視。

「幸好這裡有與妮娜大人年齡相近的同性。」

叫賽巴斯汀的管家，在看見莉茲小姐後鬆了口氣。

布魯諾的老家是個大商行。

如果莉茲小姐是來自身分差距很大的家庭，就必須阻止她們交流……這就是貴族討厭的部分，也是讓在下想到外界的理由之一。

「請問莉茲麗特小姐今年幾歲？」

「十三歲。」

「跟我同年呢，我們好好相處吧。」

「好的，妮娜小姐，請直接叫我莉茲吧。」

「好的，莉茲小姐。」

無論這個管家和他背後的霍恩海姆子爵家怎麼想，妮娜很快就和莉茲小姐成為了好朋友。

「那麼，差不多該去帕斯湖了。」

我們一行總共八人，在湖附近的旅館會合後，終於要去關鍵的帕斯湖了。

帕斯湖位於一座小山的火口區域，是個湖水非常清澈的湖。

那座火山已經很久沒有噴火。

湖泊周圍的火口區域，草木十分茂盛。

「克林姆哥哥，這座湖真是漂亮。」

「湖水看起來很透明呢。」

「但附近沒什麼人呢，哥哥。」

「這裡好像不太有名。」

「明明是座不錯的湖，為什麼都沒有客人呢？是因為帕西嗎？」

「怎麼可能。」

坎蒂大人笑著否定了波魯托大人的說法。

「要不是接了冒險者公會的委託，我們連帕斯湖或帕西都不會知道吧。並非因為害怕神祕的巨大生物才不來避暑，而是原本就沒什麼名氣才沒人來。」

「如果客人不來，就無法整頓周邊的道路和住宿設施，也無法宣傳。聽說帕西只會出現在這座湖，如果真的有那種巨大生物，應該會有許多喜歡稀奇事物的貴族跑來這裡吧。」

「小賽巴斯說的沒錯。畢竟捕捉牠的委託已經持續了三十年以上，所以無法斷言真的不存在，但很多來找帕西的隊伍一次都沒遇到過。」

即使我們接下來開始尋找，也很可能找不到，所以才能帶妮娜和莉茲小姐一起來。

「至少要假裝有在監視。」

「真的是休假呢。」

「有什麼關係，反正這次賺了不少。」

與帕斯湖一樣位於巴托子爵領地內的魔物領域有非常多獵物，可以說是大豐收。

而且作為接受這次委託的謝禮，在那裡狩獵與採集的成果都不需要繳稅。

「只要監視個三天就行了。儘管金額不高，但還是有報酬拿。」

「那個……坎蒂先生。」

「什麼事，莉茲？」

「明明是工作，我們在旁邊玩沒關係嗎？」

「沒關係。反正真的只是監視而已。這段期間看是要游泳還是休息都行。為了預防帕西真的出現時的狀況，記得要先換上泳裝。我替大家準備好了。」

坎蒂大人說完後，我們換上他準備的泳裝。

「唔哇，這泳裝的顏色好漂亮。」

「因為設計是固定的，所以至少顏色要漂亮一點。妮娜，非常適合妳喔。」

「這泳裝真不錯，是在哪裡買的啊？」

「是人家自己縫的喔。莉茲穿起來也很可愛呢。」

「坎蒂先生好厲害，就像店裡的商品一樣。」
妮娜和莉茲小姐都換上了坎蒂大人準備的泳裝。
泳裝這種東西，無論是男性款或女性款設計都一樣，顏色和圖案通常也都很樸素，但兩人穿的泳裝是鮮豔的紅色與橘色。
在下本來以為是在某間店買的，沒想到是坎蒂大人親手製作，真是太厲害了。
看來他即使不當冒險者，也能靠裁縫維生。
「小賽巴斯不用換泳裝嗎？」
「非常感謝您的關心，但我還在工作中。」
「真遺憾。」
只有負責照顧妮娜的賽巴斯汀先生，一個人穿著管家服。
他真是忠於職守。
「不會熱嗎？」
「不，這裡海拔偏高，十分涼爽。而且我是個管家。」
當上管家後就不會怕熱嗎？
面對波魯托大人的問題，他若無其事地如此回答。
「那就好。不過真的都在玩呢。」
妮娜和莉茲小姐在淺水處泡腳玩水，布魯諾和達爾頓大人也陪她們一起玩。

達爾頓大人還是一樣沉默，但不知為何依然能夠和那兩個初次見面的人正常溝通，真是太神祕了。

「達爾頓先生有家人嗎？你結婚了嗎？」

「……（點頭）。」

「有生小孩嗎？是兒子？」

「……（點頭）。」

「是生一個？還是生兩個？」

「……（點頭）。」

「咦！達爾頓先生已經結婚了？」

也難怪布魯諾會驚訝。

因為在下和布魯諾是第一次聽說這件事。

他到底是怎麼和妻子與孩子互動？

「波魯托大人，聽說這次是在水邊工作，因此我準備了冰涼的瑪黛茶，請問要喝嗎？」

「不好意思麻煩你了，賽巴斯汀大人。」

「不會，因為我是管家。」

波魯托大人坐在椅子上監視帕斯湖。

以防帕西隨時出現。

賽巴斯汀大人則是替負責監視的波魯托大人，準備了冰涼的瑪黛茶。
他無論何時都不會失去管家之心。
真是管家的典範。
「小壯，你不去玩水嗎？」
在下看著妮娜他們玩水時，坎蒂大人過來搭話。
「晚一點就過去。」
「是嗎？明明不用這麼認真監視。」
「是這樣嗎？」
即使如此，感覺還是得假裝有在找帕西。
「總覺得有點奇怪……」
「奇怪？」
坎蒂大人究竟是覺得哪裡奇怪？
「你想想，這次的委託人巴托子爵家，只有一開始派家臣到旅館說句『拜託各位了』而已。也不派人監視我們有沒有偷懶。」
「是因為找了三十年都沒找到嗎？」
或許巴托子爵家的人意外地已經放棄捕捉帕西了。
「如果是這樣，應該就不會提出委託了。畢竟找冒險者來可是要花錢的。」

「既然如此，那就是另有所圖？」

「有這個可能……總之現在……」

「現在？」

「現在這個季節陽光太強了，對皮膚不好，幫人家塗一下這個乳液。」

「你是說在下嗎？」

本來以為坎蒂大人要說什麼嚴肅的話題，沒想到是在找人幫他塗防曬乳液……

即使穿上泳裝後只會露出手腳和臉，在下還是不想幫他塗。

「快點啦。」

有沒有什麼方法能夠逃避……對了！

「布魯諾！」

「什麼事？」

在下呼喚在水邊和妮娜與莉茲小姐嬉戲的布魯諾。

他在一無所知的情況下，悠哉地走來這裡。

雖然可憐，但這也是為了在下內心的安寧。

下定決心後，在下從魔法袋裡掏出一枚硬幣。

「布魯諾，你要猜正面還是反面。」

「幹嘛突然這樣？這是什麼遊戲嗎？」

「在下讓你先選。」
「那就正面。」
「在下選反面！」
等兩人都選好後，在下將硬幣拋向空中。
然後，在下用手背接住硬幣。
掀開按住硬幣的手後，硬幣顯示反面。
「是在下贏了。」
「真遺憾。那這是在比什麼？」
「決定誰替坎蒂大人辦雜事。」
「雜事啊。既然輸了就沒辦法了。坎蒂先生，是要我幫忙做什麼？」
布魯諾，真的非常抱歉，但在下實在無法替坎蒂大人塗乳液。
而且比起粗魯又笨拙的在下，細心的布魯諾更適合這種工作。
那麼，在下也要去水邊玩了。
「克林姆哥哥，布魯諾先生呢？」
「他有重要的工作。」
「是坎蒂先生找他吧。」
「沒錯，在下會代替他陪你們玩。」

結果那天我們完全沒感覺到帕西的氣息，就這樣玩水玩到傍晚。

「真舒服。你想把手伸進泳裝裡塗乳液也沒關係喔——嗯，討厭啦。人家真是的。」

「請容我婉拒……（克林姆，你給我記住！）」

「布魯諾，怎麼了嗎？」

「不，沒什麼……」

之後聽賽巴斯汀大人說，布魯諾在被迫接下替坎蒂大人塗乳液的工作後，就一直邊做事邊碎碎念。

＊　＊　＊

「第一天先觀察狀況。準備好了嗎？」

「是的，已經準備萬全。」

破曉黃昏的那些人，似乎比之前找來捕捉帕西的其他隊伍還要認真。

他們至少會留一個人專心監視。

其他隊伍都認為「反正一定找不到帕西」，然後只顧著玩。

這樣新兵器終於有機會登場了。

只要有了這個，破曉黃昏那些人一定會嚇得驚慌失措。

「都準備好了嗎？」

「是的。目前是藏在對岸附近的草叢裡，只要主公大人一下令，『帕西』就能出擊。」

「那麼，明天終於要動手了。」

破曉黃昏的各位，你們明天或許會嚇得合不攏嘴。

然後，就把你們看見的景象告訴王都的那些人吧。

這樣帕斯湖就會變有名，來避暑的客人也會增加。

＊　＊　＊

隔天，我們也是正常地在水邊玩耍，然而就在傍晚準備回旅館時，我們在對岸岸邊發現有個巨大物體朝這裡逼近。

那東西的身體像小山般浮出水面，長長的脖子上有顆像龍的頭。

那就是傳聞中的帕西吧。

「咦咦！怎麼突然跑出來了？」

帕西突然現身，讓布魯諾大吃一驚。

「克林姆哥哥，那就是帕西嗎？」

「好大喔。」

相較之下，妮娜和莉茲小姐都好奇地看向帕西。

難道這種時候，女性反而比較大膽嗎？

「牠逐漸移動到湖的中央了。」

這樣我們根本無法出手。

帕斯湖是個平常沒什麼在整頓的觀光地，湖邊連一艘小船都沒有。

「在下有艘個人用的小船。」

「那麼小的船派不上用場。」

在下的魔法袋裡有艘能夠橫渡小河的小船，但坎蒂大人不准在下使用。

「帕西會游泳，應該很擅長在水裡行動，所以不能搭只能載一、兩個人的小船靠近。一下子就會翻船。」

「那我用『飛翔』靠近，用魔法攻擊牠如何？」

「這次姑且算是捕捉任務……如果魔法威力太強可能會害死帕西，反過來講也可能只會激怒牠。」

「激怒牠也可能會有幫助。」

「布魯諾，這是什麼意思？」

「如果惹帕西生氣，牠或許會主動靠近吧？只要牠來到水邊，我們就能踩在地上戰鬥。」

布魯諾提議用魔法將帕西引誘過來。

「那用小壯的魔法可能會比較適合？」

「在下嗎？」

在下還不會使用放出魔法……

「你的魔力還是有在緩慢提升，重點只要有發出魔法就行了，這樣威力弱一點反而比較好。」

嗯——只是要用來挑釁帕西嗎？

雖然能理解這個計畫，但在下的心情還是很複雜。

「要賭賭看嗎？」

「在下要試試看。」

辦不到就失敗了。

在下試著凝聚大部分的魔力，在腦中想像火箭魔法「火炎箭」的畫面。

「嗯——！」

「好像不太順利。」

「還需要再更多一點魔力嗎？」

坎蒂大人和布魯諾。

拜託別對著在下的耳朵說這種話。

在下心裡想著這次一定要成功……然後一支非常細小的「火炎箭」筆直飛向帕西。

「成功了！」

「這點程度，應該不至於讓帕西受傷。」

「是啊。」

「讓在下受傷就沒關係嗎？」

在下也想使出更強的放出魔法。

「克林姆哥哥，那支火箭感覺會中呢。」

妮娜一直關注著「火炎箭」的去向，並告訴我們魔法應該能順利命中帕西。

難過的是連妮娜這個普通人的動態視力，都能跟得上那個魔法的速度……

「到底結果會如何呢？」

我們一起觀望「火炎箭」是否會命中帕西，但狀況有點奇怪。

「牠沒有閃躲呢。」

「是覺得根本不需要閃躲嗎？」

坎蒂大人，這樣講就太過分了……在下這麼想時，「火炎箭」命中了帕西。

接著帕西突然著火了。

火焰迅速擴散，帕西一下就被火焰包圍。

「太驚人了！」

雖然自己說也有點奇怪，但沒想到在下的「火炎箭」居然有如此威力……

「帕西怕火嗎？」

「莉茲，對方是生物，照理說不會這麼快就燒起來。這表示……」

「表示？」

「唉，應該是人造物吧。為了方便小船載運必須減輕重量，於是就用了易燃的素材。」

「簡單來講就是便宜貨。」

波魯托大人代替布魯諾回答莉茲小姐的疑問，之後帕西燒得很快，一下就沉進湖裡。

帕西的真面目，是某人製作的假貨。

「非常抱歉。」

「這都是為了讓帕斯湖能有更多觀光客。」

結果帕西只是披在船上的假貨。

因為材料是木頭和紙，才會那麼容易就被在下的「火炎箭」點燃。

載滿紙糊道具的船燒起來後，巴托子爵家的家臣接連跳進湖裡，他們在被布魯諾救起來後，開始說明這麼做的原因。

「以前只有散布謠言，但一點效果都沒有。」

「我想也是。」

光靠那種謠言，根本不足以讓人特地跑來冷門的帕斯湖避暑。
「所以這次才想讓人實際看見帕西的身影啊。」
「而且這次還能讓阿姆斯壯伯爵家的人當目擊者。」
只要在下向老家報告帕斯湖真的有帕西，這個傳聞就會在貴族社會傳開，讓帕斯湖的觀光客變多。
那些家臣向我們說明這次的計畫內容。
「對在下做這種事也沒用！」
畢竟在下最近都沒回老家，跟妮娜也有一年多沒見面了。
「那個……湖裡出現神祕的巨大生物，真的能當成避暑勝地的賣點嗎？」
「說得也是。因為可能會被怪物襲擊吃掉，應該沒什麼有錢人會特地過來玩吧。」
莉茲小姐提出疑問，坎蒂大人在補充的同時也表示贊同。
即使是貴族，也不是人人都能帶著優秀的冒險者和魔法師避暑。
「那到底該怎麼辦才好？」
「誰知道，我們又不是商人。」
「……（點頭）。」
波魯托大人毫不留情地如此回答，達爾頓大人也點頭表示贊同。
這確實不是我們的專業領域。

「怎、怎麼這樣！」

「這又不是冒險者的工作。」

儘管值得同情，但我們也不懂怎麼替帕斯湖吸引觀光客。

坎蒂大人也無能為力，因此沒打算幫助他們。

隔天，按照契約我們必須再監視一天，因此今天我們也換上泳裝待在帕斯湖邊。

身為冒險者，不對，身為一個有常識的成年人，即使帕西不存在，還是要好好按照契約監視三天。

「如果單純來玩還滿不錯的呢。」

「這裡水質好又位於高地，就算夏天也很涼快，而且還是沒什麼人會來的冷門景點。」

坎蒂大人和妮娜一起下水後，開始訴說這座湖的優點。

「但來的過程很辛苦。」

「旅館也只有一間。」

波魯托大人和布魯諾接著說道。

看來這座帕斯湖還需要在山路和住宿設施上面多花點心思。

「唔唔唔……」

「莉茲小姐，妳怎麼了？」

「我從前天開始就在想……明明我和妮娜小姐同年，為什麼會有這麼大的差距。」

莉茲小姐突然看向妮娜的胸部，如此說道。
雖然聽說女性都很在意胸部的尺寸，但在下覺得以她的年齡，現在擔心這個還太早了。
「妳之後一定也會成長。」
「克林姆先生！之後是什麼時候？又會成長多少？」
「在成年之前……」
莉茲小姐開始逼問在下，她的魄力讓在下忍不住畏縮了一下。
「莉茲，是妳想太多了吧？」
「可是哥哥，這差距到底是怎麼回事？是遺傳嗎？媽媽完全沒有胸部，連我都比她大。」
「莉茲，在家裡不能這樣講喔？」
原來布魯諾和莉茲小姐的母親胸部很平啊。
在下曾聽哥哥說過，如果在別人面前講這種話，下場會很慘。
大嫂也沒什麼胸部，所以絕對不能提起這件事。
「人家也有胸部呢。」
「你那是厚實的胸肌吧！」
「討厭——！波魯托真過分！」
「哪裡過分了。我只是實話實說。」
坎蒂大人將身材鍛鍊得非常好，儘管比不上在下，但還是擁有厚實的胸膛。

「大家都鬆懈下來了。」

「沒辦法。雖然今天必須繼續待在帕斯湖，但已經確定帕西不存在……咦？」

布魯諾突然大喊出聲，指向湖的方向。

跟著看過去後，我們發現湖中央和昨天一樣出現了神祕的巨大生物。

「真的存在嗎？」

「不，大概又是巴托子爵家搞的鬼吧？」

但會連續兩天這麼做嗎？

再怎麼說都太誇張了……不對，也可能是想連續兩天都派出帕西的假貨，加深我們對帕西的印象？

「真沒辦法。」

「布魯諾，稍微嚇嚇他們吧。」

坎蒂大人命令布魯諾用弱一點的火魔法燒掉假貨。

如果連續被燒兩次，就算是巴托子爵家，也不敢再打欺騙冒險者宣傳帕斯湖的主意了吧。

「那我就上囉。」

和昨天不同，布魯諾今天是用小顆的「火炎球」攻擊遠方的假帕西。

「命中了。」

「不愧是哥哥。」

「咦？但沒有燒起來。」
「是換成耐火素材了嗎？」
昨天的道具一下就被燒掉，所以今天就換成耐火素材了嗎？
在下本來還在想怎麼可能一天就做出來……沒想到被「火炎球」擊中的帕西居然發出怒吼，朝這裡逼近。
「簡直就像是在生氣一樣。」
「話說牠也游得太快了吧。」
「是道具底下的人拚命在划吧？真辛苦。」
波魯托大人和坎蒂大人，都在同情必須遵從愚蠢當家的命令幹這種無聊事的家臣。
這年頭就算放棄當家臣，也很難找到下一份工作，所以除非當家真的太無可救藥，否則通常都不會辭職。這就是被人僱用的難處。
「他們也很辛苦呢。」
「就是啊。」
「雖然有魔物領域，但位於火山口的帕斯湖根本無法開拓，所以只能設法發展觀光。」
才剛提到昨天那些操縱假帕西的巴托子爵家家臣，他們就立刻趕了過來。
這就是所謂的說人人到，說鬼鬼到吧。
「克林姆哥哥，這樣那個假帕西是誰在操縱？」

「別的家臣……」

「巴托子爵家才沒那麼有錢，根本就沒有備用的道具，家臣也很少。」

「既然如此，是誰在操縱那個怒吼著逼近這裡的帕西？」

妮娜的疑問，讓所有人都安靜了下來。

大家腦中都浮現出某個可能性……或許並沒有人在操縱帕西的冒牌貨。

「是真正的帕西嗎？」

「「「「「沒錯！」」」」」

莉茲小姐一指出這點，其他人就一齊表示贊同。

「怎麼辦？我完全沒準備武器。」

「是啊。本來以為今天只是來玩的。」

今天所有人都換上泳裝，並將認為用不到的武器寄放在旅館。

「布魯諾，用魔法打倒牠吧！」

「好主意。」

只要布魯諾全力施展魔法，叫帕西這種可笑名字的巨大生物……根本就不算什麼。

「咦——！不是要活捉牠嗎？」

「是啊。難得有這個觀光資源。」

此時，巴托子爵家的家臣們開始說些蠢話。

居然在這種時候要求活捉，他們真的了解狀況嗎？

「根據之前的契約內容，有餘力就會生擒，但死了也是不可抗力。」

「請你務必想想辦法。」

「這樣我們會被主公大人責備。」

挑錯侍奉的貴族也是一種不幸。

話說我們到現在都還沒見過巴托子爵。

到目前為止，只知道他是個非常愚蠢的貴族。

既然如此……

「由在下動手吧！」

「這樣好嗎？」

「只要在下全力攻擊帕西的頭部，應該就能打暈牠。」

「拜託你了。」

在我們討論的時候，帕西已經用凌駕假貨的速度快速游到我們附近。

牠的高度是在下的兩倍，體長大約是十公尺吧？

雖然比翼龍大，但比飛龍小。

「在下要上了！」

「克林姆先生不會有事吧？」

「克林姆哥哥，你一定要平安回來。」

「放心交給在下吧！布魯諾！」

「了解！」

為了遵守與巴托子爵家家臣的約定，布魯諾沒有直接對帕西使用魔法。

在下藉由布魯諾改良過的「飛翔」魔法浮上高空，然後直接朝帕西的頭部墜落，用膝蓋給牠強烈的一擊。

在下用魔力提升攻擊力，一擊就送帕西上西天了。

用附帶魔力的膝擊攻擊完帕西後，在下趁牠倒下前跳進湖裡，然後游回岸邊。

「布魯諾，感謝你的幫忙。」

「因為加上了克林姆的魔力、力量和體重，就連帕西也完全無法抵擋，但牠不是魔物吧。」

「的確，如果是體型這麼大的魔物，不可能會被在下一擊斃命。」

牠當然不是龍，但也和以前聽說的海龍不太一樣。

帕西究竟是什麼生物？

「啊——！明明都說要活捉牠了——！」

「要被主公大人罵了——！」

巴托子爵家的家臣們一看見帕西的遺體就開始大吵大鬧，但既然如此，怎麼不乾脆自己去抓呢。

「本來以為是魔物，沒想到這麼脆弱。」

「就算是魔物，挨了克林姆那一擊也會受重傷吧。」

「做成標本就行了吧。只要放在帕斯湖附近展示，或許能夠吸引觀光客。」

我們已經不想再繼續奉陪，所以直接返回旅館。

過了一陣子，聽說巴托子爵將帕西做成標本，放在我們之前住的旅館一樓展示，但還是吸引不到觀光客，帕斯湖之後仍被當成冷門的避暑地。

第十話　尋找寵物

「哥哥，這個籠子裡的兔子是哪兒來的？」

「啊，我今天是一個人工作。只要把這隻兔子還給飼主就結束了。」

「這也是冒險者的工作嗎？」

「雖然有點微妙，但以能夠一個人在王都內做的工作來說，算是不錯了。」

今天破曉黃昏暫停活動。

因為坎蒂大人突然得趕回故鄉。

聽說他的祖父去世，所以只能暫停活動去參加葬禮。

克林姆之前被建議偶爾要回老家露面，所以今天去了阿姆斯壯伯爵家官邸。

波魯托先生和達爾頓先生說要去附近狩獵，然後就一起去了位於王都近郊的狩獵場。

我手頭沒什麼事，於是就接了一份能夠獨自完成，又能當成魔法修練的委託。

「找失蹤的寵物也能當成魔法修練嗎？」

「可以喔。」

用「探測」尋找特定目標，正好適合用來練習魔法。

因為必須清楚分辨人類、狗、貓和其他動物的氣息，與兔子的氣息有什麼不同。

「王都裡有許多人、狗和貓，從裡面找出一隻兔子，可是個很棒的練習。」

「這樣啊。」

「而且還意外地賺錢。」

「找寵物也能賺錢啊？」

「因為是貴族養的寵物。」

在有錢人和貴族裡，有一定比例的人會異常疼愛寵物，完全不在乎得花多少錢。

雖然找寵物不是冒險者的工作，但為了盡快找到可愛的寵物，有些人會特地指名能用「探測」的魔法師，委託他們進行搜索。

指名委託要付的報酬較高，但那些疼愛寵物的有錢人根本不在意花大錢。

對我來說是很棒的客戶。

「特地花錢找這隻兔子啊……」

我白天辛苦找回來的兔子確實長得不怎麼可愛……如果是純白的兔子或許還會讓人覺得漂亮，但這隻兔子身上有許多褐色的斑紋，莉茲似乎也覺得牠不可愛。

「真虧牠沒被吃掉。」

「這也算是運氣好。因為牠剛好逗留在上級貴族區附近。」

「雖然這附近也很安全，但如果跑到貧民窟，一定馬上就會被吃掉。」

這隻兔子原本應該也是在森林裡生活，普通人只會把牠當成食材看待，大概只有不必擔憂生活的貴族或有錢人，會想把兔子當寵物吧。

「哥哥，你為什麼不馬上去找飼主？」

「因為已經傍晚了。」

即使是魔法師，我終究還是平民出身的無名冒險者，這時候去貴族家拜訪，他們絕對不會給我好臉色。

反正已經順利抓到目標，明天一早再送過去也無所謂。

「愈是有錢的人，警戒心就愈強。」

看在他們的眼裡，冒險者就是一群怪人。

只有極少數的冒險者，能夠獲得很高的評價。

「所以還是明天再把這傢伙送過去吧。我肚子餓了。」

「哥哥，我想請你陪我一起去買晚餐的材料。」

「是沒什麼關係。但妳有要買很多東西嗎？」

「呃，我聽克林姆先生說，你們今天和波魯托先生與達爾頓先生約好一起吃晚餐。」

「啊！我都忘了！」

確實有這回事。

我們約好今天要一起在家裡吃晚餐！

「克林姆先生還很不好意思地多給了我一些餐費。哥哥意外地沒用呢，連克林姆先生都比你體貼女性。」

「這句話比想像中還傷人……」

沒想到我在這方面居然會輸給他。

「我陪妳去買東西就是了。」

「我跟肉店訂了很多肉。」

「聽起來不錯呢。」

因為大家都很會吃……

尤其是克林姆。

「哥哥也比外表看起來還會吃。」

「這有點像是職業病啊。」

魔力量和魔力消耗量愈多的魔法師，愈需要多吃一點東西，不然很快就會變得瘦弱。

我在魔法師中已經算是食量非常小，但還是足以讓一般人大吃一驚。

此外也經常被女性說「真羨慕你吃這麼多還不會變胖」。

「那就快點去肉店拿肉吧？」

「哥哥，東西就拜託你提囉。」

「了解。」

於是我們一起出門，去肉店拿肉。

留下關在籠子裡的兔子。

＊　＊　＊

「克林姆，你住的地方還真大。」

「在下是和布魯諾一起住。」

「房租應該很貴吧。」

「其實不貴。這裡原本算是凶宅。」

「幹得不錯嘛。」

在下今天回老家和家人共進午餐，但貴族的餐點好吃歸好吃，過程還是太拘束了。

因此在下以有事為由，沒有留下來吃晚餐。

妮娜看起來很寂寞，但在下希望在獨立前盡可能不要回家，所以這也是無可奈何。

而且，在下確實早就和波魯托大人與達爾頓大人約好了。

加上布魯諾，我們四人打算晚上要隨興地喝酒和用餐。

「沒有人在呢。」

「……（點頭）。」

「大概是去採購了。在下有把今天的事情告訴莉茲小姐，她應該會替我們準備豐盛的餐點。」

「那一定就是去買東西了。」

「我們先開始吧。」

在下已經到了能夠喝酒的年紀，我們三人今天也買了一大堆酒。

我們將大量的酒瓶放在平常用來吃飯的桌子上，開始倒酒來喝。

「有下酒菜嗎？」

「雖然不是沒有……」

但莉茲小姐還在忙，我們擅自先開始吃會不會太失禮了。

「有沒有什麼能馬上吃的東西？」

「波魯托大人，你們今天有獵到什麼嗎？如果有肉，就能灑鹽烤來吃。」

「抱歉，今天的成果都賣給冒險者公會了。達爾頓呢？」

波魯托大人一問，達爾頓大人就拿出一個包得很漂亮的盒子。

「達爾頓，這是什麼？咦咦！給莉茲的禮物？裡面是點心？你做事意外地周到呢！」

達爾頓大人居然替今天幫忙做料理的莉茲小姐準備了點心當禮物……

雖然他平日沉默寡言，但很懂得關照女性。

「這些點心是給莉茲的禮物，所以我們不能吃，眼前的食材也有可能是晚點做料理的材料……

看來只能喝酒了……喔，那是什麼？」

波魯托大人發現一個有裝東西的籠子。

那個籠子被放在椅子上，在下看向裡面，發現有隻身上充滿褐色斑紋的兔子。

「是兔子。而且還活著。」

「為什麼這裡會有活兔子？」

冒險者和獵人在獵到兔子後，通常都是就地殺掉放血再帶去冒險者公會。

就算要賣給肉店也會先把毛皮剝掉，所以實在無法理解為什麼這裡會有活兔子。

「莉茲會殺兔子嗎？」

「不可能。」

除非是從事相關行業，否則王都的女性頂多只會切肉而已。

「布魯諾那傢伙，是想用兔子做魔法實驗嗎？」

「在下從來沒聽說過有人拿兔子做魔法實驗。」

就算是這樣，也沒必要在家裡做。

「……」

「怎麼了？達爾頓。你說或許是為我們準備的？確實有可能。」

所以是今天的食材嗎？

但為什麼是活的？

「算了，即使不是這樣，之後再準備一隻還他就好。我馬上把牠處理一下，然後烤來吃吧。」

「聽起來不錯！」

鹽烤兔肉配加水稀釋的蒸餾酒。

真是最棒的組合。

「那麼，達爾頓先去準備烤肉用具吧。」

「……（點頭）。」

我們認為即使布魯諾抱怨，也只要獵一隻兔子還他就好，於是便把兔子殺來配酒。

＊　＊　＊

「咦？你們把那隻兔子吃掉了？」

「非常美味。」

「是嗎？克林姆明明出身很好，卻不怎麼懂吃呢。這種肉太軟，油脂也太多了。」

「唉，波魯托大人，這種油脂豐富又柔軟的肉，才最受貴族喜愛啊。如果肉太硬，就只能享受口感了。」

「是嗎？就算肉很硬，本身還是會有鮮味，這個兔肉只讓人覺得油膩。」

「烤的時候就已經去除掉大部分的油脂，而且兔肉本身也有鮮味。」

「話說……你們好像一點都不覺得愧疚？」

「「愧疚？為什麼？」」

我們將兔子解體後就烤來當下酒菜，先自己開始喝酒了。布魯諾和莉茲小姐在這時候提著大包小包回來，他一發現籠子裡的兔子不見了，就大驚失色。

在下告訴他被我們吃掉後，他又變得更加激動。

「那隻兔子是多克伯爵的寵物啊。」

「哎呀，這下麻煩了。」

「……（點頭）。」

「波魯托先生，達爾頓先生，比起麻煩，更重要的是我的信用……」

這件事並非只是用「探測」找寵物這麼簡單，還關係到布魯諾身為魔法師的實力與評價，所以他相當生氣。

的確，正常來講，中級魔法師不可能連一隻寵物兔都找不到。

「在下知道該怎麼辦了！」

「克林姆，你有什麼好方法嗎？」

「只要說找到時已經只剩下骨頭就好。」

只有不知世事的貴族才會想要養兔子。
如果兔子逃到王都的鬧區或貧民窟，一定馬上就會被抓去吃掉。
只要堅決主張是這樣就行了。
「幸好能當證據的骨頭還在。」
雖然其實是被我們吃掉，但反正只看骨頭也不曉得是誰吃的。
「不，這樣我的評價還是會因為工作失敗變差。這都要怪你們擅自把我的兔子吃掉，明明還有其他能吃的東西。」
「大家都很期待莉茲小姐的料理，所以不敢亂動食材，但還是需要下酒菜。」
吃掉那隻兔子，也是不得已的選擇。
波魯托大人和達爾頓大人也點頭贊同。
「真是豈有此理。」
「對了！在下想起一件事！」
「克林姆，是什麼事？」
「跟多克伯爵有關！」
雖然他是個以喜愛寵物聞名的貴族，但平常並不是親自照顧寵物，而且很快就會厭倦改養新的寵物……坦白講不是什麼好人。
這表示他一定也很快就會厭倦被我們吃掉的兔子。

「你的意思是？」

「只要明天再抓一隻斑紋很像的兔子就行了。」

「真是個好主意。」

「……（點頭）。」

「這麼隨便沒關係嗎？」

「反正不會被發現。莉茲小姐，我們肚子餓了。」

「你們真的一點都沒在反省耶。我馬上準備晚餐。」

因為發生了這樣的事，我們四人決定明天要一起出門獵兔子。

另外，莉茲小姐做的晚餐真的非常美味。

隔天，我們在王都近郊的森林裡捉兔子。

「這隻怎麼樣？」

「波魯托先生，斑紋的位置完全不同吧。」

「這隻如何？」

「那隻也不行。」

我們昨天吃掉了多克伯爵的寵物，但後來一直找不到斑紋相似的兔子，不知不覺已經中午了。

「肚子好餓。」

「別想吃午餐！因為不能等到傍晚才去拜訪，所以再不抓就來不及了。」
傍晚太危險，貴族不會讓冒險者在這時候進自己家。
雖然這是個人自由，但實在不是拜託別人幫忙找兔子的傢伙該有的態度。
「那就用這隻吧。」
在下找了一隻斑紋位置和昨天那隻很像的兔子，抓著牠的耳朵給布魯諾看。
「雖然是有點像，但斑紋數量比較少呢。」
「那就用這個吧。」
波魯托大人拿了一個小瓶子出來。
「那是什麼？」
「這是坎蒂常用的塗料。因為可以用來染布，所以碰到水也不容易脫落，是我從他家拿來的。」
「波魯托先生，你怎麼可以趁坎蒂先生不在家，就亂拿他的東西。」
「我之後會再買新的還他。總之，只要用這個替兔子加上褐色斑紋……完成了！」
短短幾分鐘，這隻兔子就變得和昨天那隻很像。
「不愧是波魯托大人。」
「別太稱讚我啦。再來只要把這隻兔子送去給多克伯爵就搞定了。」
「真的沒問題嗎……」
「放心啦。兩隻兔子的大小和斑紋都一樣，不會被認出來的。」

我們與不安的布魯諾一起趕往多克伯爵家。
之後如同在下的預料，多克伯爵本人並未親自出來迎接。
把兔子交給一個像是家臣的中年男子確認過後，他只說句「辛苦了」，就把報酬交給布魯諾。
之後就沒有其他事要做，因此我們一同離開多克伯爵家。
「真的沒事耶。」
「我就說吧？」
「波魯托先生一開始就確信會沒事嗎？」
「嗯。克林姆也有聽說過多克伯爵只是個不入流的寵物愛好家的傳聞吧？」
「這還滿有名的。」
儘管只是傳聞，但如果多克伯爵真的很疼愛那隻兔子，應該會親自現身。
「他的興趣一定已經轉移到新寵物身上了。」
「大概就是這樣吧。那位家臣應該有發現兔子不對，但也沒有刻意追究不是嗎？」
「確實如此。」
「換句話說，只要有隻長得像的兔子回來，多克伯爵就不會有意見。他和兔子的關係也沒親密到能發現那是冒牌貨。」
唉，貴族的興趣大部分都是如此。
雖然也有很在意的人，但也有像多克伯爵這樣容易膩的人。

他姑且會派人找逃跑的兔子，但就算本尊沒回來，只要有長得像的替代品就無所謂。

「真是過分。」

「多克伯爵就是這種人啊。」

「不，你們幾個也半斤八兩。擅自把人家的兔子殺掉、解體並烤來吃。而且還是因為缺下酒菜這種無聊的理由。」

「哈哈哈，下次我們會好好確認過再吃。」

偶爾也是會發生這種事。

幸好布魯諾的評價並未因此變差，所以就別在意那些瑣碎的小事了。

第十一話　俊男美女藥

「所以說，這種藥的材料……」
「真的只要有那個材料，就能做出那種魔法藥嗎？」
「真是可疑。」

坎蒂大人參加完祖父的葬禮回來後，破曉黃昏馬上就重新開始活動。
話雖如此……這次的工作實在有點可疑。
內容是要我們幫忙取得能讓人變成俊男美女的魔法藥的材料。坎蒂大人向我們表示委託人願意花大錢購買。
「聽起來就很可疑。」
「是騙人的吧？」
「話雖如此，我們的工作就是採取那個魔法藥的素材，再交給委託人。只要有好好交貨，就算對方沒有成功做出魔法藥，或是做出沒效果的東西，都跟我們無關。」
「你講得還真白……」

「畢竟我們不需要對委託人製造魔法藥的技術負責。」

「的確，如果我們採錯藥草，那就是我們的責任，但只要順利將藥草送到，我們就不需要負任何責任。對吧？達爾頓。」

「……（點頭）。」

波魯托大人和達爾頓大人都贊成接下這個委託。

「委託的素材……是一種長在深山裡的稀有藥草。因為數量稀少，所以非常值錢，不如說用來做其他種魔法藥還比較好。居然想做俊男美女藥，這慾望也太明顯了。」

的確，感覺拿去做能治療重病或重傷的魔法藥比較好。

就算不是俊男美女，人一樣能正常活下去。

「總而言之，只要把那種特殊藥草採回來就沒問題了。」

「我知道了。」

「了解。」

「畢竟是工作。」

冒險者算是自由業，所以不太能挑工作。

破曉黃昏就這樣決定前往那種藥草的生長地，一個遠離人煙的魔物領域的深處。

＊　＊　＊

「哎呀，不好意思。我就是想要這個。」

「幸好有順利找到。」

「馬上來合成魔法藥吧。」

雖然前往生長地和應付路上的魔物很辛苦，但我們還是順利採到了目標的藥草。

我們立刻去找委託人領取報酬，但比起藥草的報酬，襲擊我們的魔物的肉與素材還比較值錢。

坎蒂大人是刻意挑這個既能鍛鍊我們又能賺錢，還能讓我們累積遠征經驗的委託吧。

別看他那樣，他在培育後進方面可是擁有非凡的才能。

「這就是俊男美女藥嗎？呃……」

「波魯托先生，我叫貝肯鮑爾。我是魔導公會的魔法師，平常的工作是以研究為主。」

貝肯鮑爾先生看起來將近三十歲，以魔法師來說還算年輕。

他的魔力足以和布魯諾匹敵，就算當冒險者也能很活躍吧。

「我主要是在研究如何改良魔法陣。」

「魔法陣嗎？」

「沒錯，布魯諾。讓魔法師不用依靠個人的想像力和感性，只要將魔力注入具備規則性的魔法陣就能使用特定的魔法。我就是在做這種研究。」

原來如此，在魔導公會工作的魔法師，真的思考了很多事情。

「真是厲害的研究。」

「話雖如此，這個研究非常費時費力又不容易做出成果，所以偶爾也得像這樣遵從贊助人的意思進行其他研究。魔法藥原本並不是我的專門領域，但不懂魔法又缺乏常識的貴族，常以為魔導公會的研究者全都一樣。另外就算是魔法藥，也不可能突然讓人變成俊男美女。只是其他研究者已經失敗過很多次，所以就算我失敗也沒關係。只要能夠獲得資金，對魔法陣的研究也有幫助。」

「說得真是坦白呢。」

波魯托大人坦率地吐露感想。

話說回來，這位貝肯鮑爾先生還真是多嘴。

感覺他說了很多沒必要的話……

「那麼，這個魔法藥會失敗嗎？」

「我不是這個意思。既然我接下了這個委託，就會好好調合魔法藥。畢竟只要成功，就能獲得更多魔法陣的研究費，既然都花時間下去了，就要好好做。」

這個人講話毫不修飾，在魔導公會裡應該也不受歡迎吧？

「再來只要磨碎這個藥草，加進之前調好的魔法藥就完成了。你們要一起參觀嗎？」

「好啊，反正也沒什麼事。」

因為之後沒有其他行程，坎蒂大人表示要參觀魔法藥的製作過程。

我們也很閒，對這個也有興趣，於是就跟著留下了。

我們在貝肯鮑爾先生的帶領下，進入他的研究室。

那裡裝飾著許多魔法陣和魔法陣半成品的框架，一張巨大的桌子上放著裝了各種魔法藥的燒杯和燒瓶。

「有好多種。」

「有些是中途就確定失敗的產物。重點是這個。」

貝肯鮑爾先生指向其中一個燒杯，裡面裝著像血一樣鮮紅的魔法藥。

「是這個嗎？」

「只要把藥草磨碎，加進去仔細攪拌，放沉澱後再擷取上層的清澈液體就完成了。」

如果製作成功，就能讓男性變成俊男，讓女性變成美女。

「前提是要成功吧？」

波魯托大人用懷疑的眼光看向魔法藥。

「雖然成功當然是比較好，但我也沒抱太大的希望。只是因為收了委託費，才幫忙試做而已。不如說這個一直對同行提出相同委託的蠢蛋，也差不多該死心了，像他這種死纏爛打的傢伙就算變成美男子，也會因為內在條件太差被女性討厭吧。」

這位貝肯鮑爾先生講話果然很難聽。

「只要把這個加進去……」

貝肯鮑爾先生將我們採回來的藥草仔細磨碎後，加進裝著紅色魔法藥的燒杯。

接著紅色魔法藥開始緩緩冒出氣泡與煙霧。

「這樣就行了嗎？」

「誰知道？」

「居然不知道……」

「因為沒有成功過，所以不曉得怎樣才算是成功。」

原來如此，這麼說也有道理……只是從貝肯鮑爾先生本人嘴裡說出這種話，感覺各方面都不太妥當……

「但看起來可以期待。聽說過去失敗的同事們，全都沒有冒出這種氣泡和煙霧。哎呀，連我都對自己的才能感到害怕。」

貝肯鮑爾先生已經認定自己會成功，開始自吹自擂，但這反而讓在下感到不安……

「貝肯鮑爾先生，你不覺得氣泡和煙霧愈來愈多了嗎？」

「畢竟是特殊的魔法藥，如果沒有產生這種程度的變化，就不會成功吧。」

貝肯鮑爾先生的態度還是一樣悠哉，但在下一往後看，就發現波魯托大人和達爾頓大人已經逃離這個房間。

這就是資深冒險者的直覺嗎？

「布魯諾，感覺好像不太妙？」

「是啊……」

「人家也開始感到不安了。」

現在煙已經多到讓人看不見燒杯裡的紅色魔法藥，從液體那裡傳來像是沸騰的聲音，而且聲音還愈變愈大。

「坎蒂大人。」

「快逃吧！」

在下與布魯諾遵從坎蒂大人的命令準備離開研究室，但沒想到身為負責人的貝肯鮑爾先生早就跟在剛才那兩人後面逃出了研究室。

「明明他剛才還那麼有自信？」

「總之快逃吧！」

然而，我們終究還是慢了一步。

研究室內突然變得煙霧瀰漫，我們吸了那些煙後就直接失去意識。

那個魔法藥果然失敗了。

「唔嗯……」

「這次真是太慘了。」

「就是啊。」

不曉得我們昏倒了多久。

等清醒時，燒杯裡的紅色魔法藥已經消失了。

大概是都化為煙霧蒸發了。

此外，我們似乎只有一瞬間失去意識。

貝肯鮑爾先生、波魯托大人和達爾頓大人馬上就衝了進來。

「哎呀……魔法藥全都變成煙霧消失了……這樣該怎麼敷衍那個笨蛋貴族？」

「「「「……」」」」

比起擔心我們，貝肯鮑爾先生似乎更在意魔法藥消失的事情。

雖然有大概猜到他的反應，但該說他是嘴巴壞，還是唯我獨尊呢……

「某方面來說，很符合研究者的性格……」

坎蒂大人說的沒錯，如果沒有這種程度的任性，應該無法成為一個成功的研究者吧？

「幸好那個藥草還有剩。為了避免重蹈覆轍，還是隨便做個假魔法藥吧……」

「真是個不得了的人……」

無論成功與否，他都會做個像魔法藥的東西給委託的貴族，再將報酬用在真正想研究的魔法陣上吧。

他的這些舉動，讓布魯諾真心感到傻眼。

「話說我們剛才吸了不少煙，難道都沒什麼影響嗎？」

「好像沒有受傷。」

因為只有昏倒一下子，應該不至於受傷。

我們開始確認自己有沒有受傷，但同時也感受到一股難以言喻的異樣感。

「「……」」

「波魯托，達爾頓，你們怎麼了？」

這麼說來，他們兩個自從和貝肯鮑爾先生一起進來後，就一直安靜地保持沉默。

他們看著我們，露出像是驚訝到說不出話的表情。

「波魯托先生？」

「達爾頓大人？」

「呃……你們冷靜一點聽我說。你們是不是變成女人了？」

「開什麼玩笑，我怎麼可能變成女……咦？」

保險起見，布魯諾摸了一下自己的胸部，然後就這樣停止動作，陷入沉默。

「克林姆，你也摸一下胸部看看。」

「在下是阿姆斯壯伯爵家的人。我們家族的男人不用特別做什麼，就會擁有厚實的胸肌，但胸肌和胸部是不同……」

在下按照布魯諾的指示摸向胸部，然後感覺到一股理應不可能存在的彈力，變得和他一樣不知所措。

「為什麼胸部變軟了？」

「是因為那個魔法藥嗎？」

「沒想到會有這種效果。我真是太厲害了。」

「你如果再不節制一點，遲早會遭遇不幸。」

「……（點頭）。」

貝肯鮑爾先生沒有做出讓人變成俊男美女的藥，而是意外做出將男性變成女性的魔法藥，並開始稱讚自己的才能，但這舉動實在太輕率，所以遭到波魯托大人和達爾頓大人的責備。

「人家的夢想終於實現了——！人家變成少女了——！」

只有一個人——坎蒂大人發自內心對自己變成女性這件事感到開心。

「那麼，這個魔法藥的效果會永遠持續嗎？」

「應該頂多維持幾天而已吧。」

「幾天啊……」

「真遺憾。」

「不，一點都不遺憾吧！」

在下、布魯諾和坎蒂大人，都因為貝肯鮑爾先生製造的魔法藥變成女性了。

本來應該是讓人變成俊男美女的藥，結果居然將男性變成女性……

這背後到底是什麼原理？

「基本理論並沒有錯。」

「什麼意思？」

波魯托大人詢問貝肯鮑爾先生這是怎麼回事。

「如果想把人變成俊男美女，正常來講必須對臉進行整形，那麼該怎麼做才能用魔法或魔法藥達到一樣的效果呢？答案就是運用『變裝』魔法。」

換句話說，這是用魔法「變裝」的狀態嗎？

「雖然真的有胸部，還有底下的東西不見了。」

布魯諾表示這並非變裝，而是身體完全變成女性。

「這就是和『變裝』魔法不同的地方。透過魔法藥的效果，改變身體本身的結構。其實本來應該是變成俊男美女……」

這就是第一次試作的魔法藥的悲哀。

我們沒有變成美男子，而是變成了女性。

「呃，就算你講得這麼輕鬆……你應該要對我們這副模樣負責吧。」

「沒錯！」

明明把人變成這個樣子，居然一點愧疚也沒有。

這實在是有點問題。

「又不是永遠都這樣。頂多維持兩、三天吧。」

「真的嗎？」

「畢竟是用魔法的力量硬把男性變成女性，效果不可能持續那麼久。除非能夠一直補充那種魔法藥。」

除了作為觸媒的魔法藥以外，消耗的魔力也是個問題。

幸好不會就這樣永遠維持女性的外貌。

「那個藥草只生長在遠離人煙的場所，而且非常稀有。」

「其他材料也相當昂貴。因為調合起來很費工夫，我也不可能一直把時間花在調配這種藥上面。」

除非是大富豪，否則很難長期維持這種魔法藥的效果。

「既然會自己恢復，應該沒那麼不方便吧？」

「當然不方便。」

「是嗎？波魯托大人。」

「我說你啊……你該不會沒發現吧？就算是俊男美女藥做失敗，這樣也太誇張了吧？」

說完後，波魯托大人指向坎蒂大人。

「人家嗎？人家是真正的少女喔？」

「哪有這種少女啊——！」

也難怪波魯托大人會想吶喊。

坎蒂大人確實變成了女性，但除了胸部變大以外，其他地方看起來都沒什麼變。

他並沒有變成美女，講難聽一點，怎麼看都只是男性在胸口墊了東西。

「需要換上洋裝再化個妝嗎？」

「原本的素質太差，就算那麼做也只是白費力氣。」

「好過分——！波魯托太過分了！」

「（確實是靠化妝與服裝也無法挽救……）」

雖然在下也這麼覺得，但還是沒有膽子說出口。

而且……

「坎蒂是很不妙，但克林姆也沒好到哪裡去。」

唉，在下就知道會被這麼說。

儘管也變成了女性，但在下比坎蒂大人還高，全身也都是肌肉。

在下也明白這種女性確實會讓人不曉得該如何對應。

「雖然胸部很大。」

「我說啊……克林姆只是胸肌很厚吧。」

波魯托大人說的沒錯，雖然在下的胸部有變大，但內在幾乎都是肌肉，摸起來一點都不軟。

真令人哀傷，就算是在下也無法接受這種女性。

「……」

「達爾頓，你怎麼了？啊，布魯諾算是唯一的例外。」

雖然自己這樣講也很令人難過，但坎蒂大人和在下怎麼看都只是男扮女裝，而布魯諾的長相原本就偏中性，身材也很苗條，所以變成女性後怎麼看都是個短髮美少女。

「那才是真正的少女，真令人羨慕。」

「同樣都是變成女性，真希望能變得像布魯諾那樣。」

「坎蒂先生，克林姆，就算被你們這樣稱讚，我也一點都不高興。」

雖然布魯諾這麼說，但漂亮到這種程度，還是令人羨慕不已。

「破曉黃昏變成女性成員比男性多了。」

「實際上並沒有變多吧……」

畢竟只是被魔法藥變成女性，所有人原本都是男性。

「過兩、三天就會恢復吧？」

「是的，大概是這段期間。」

「戰鬥力會變弱嗎？」

「不會，魔法也能正常使用。」

這原本就只是另類的「變裝」魔法，即使變成女性，技術和能力也不會產生變化。

「那就好。因為明天和後天不能休息。」

「這麼說來，的確是有工作呢。」
「是坎蒂找來的工作吧。幸好不是什麼困難的工作。」
即使因為出乎意料的事故變成女性，目前的排程還是不允許我們休假，所以我們決定要以女性的外表當兩、三天的冒險者。
「反正會恢復，就當成是一次貴重的經驗吧。」
「克林姆真是堅強……」
「布魯諾，以你的長相，就算當女性也沒問題。」
「問題可多了！」
「是啊。要是所有委託人都像這樣就好了。」
即使搞出這麼大的風波，貝肯鮑爾先生看起來還是完全沒有反省，讓我們只能感到傻眼。

＊　＊　＊

「你……你們就是那個有名的破曉黃昏嗎……」
「沒錯，今明兩天請多多指教。」
「喔……」
「那個管家看見坎蒂先生時，明顯被嚇到了。」

「因為很讓人震撼啊，外加還有克林姆在。」

變成女性後的隔天，我們去處理坎蒂大人之前接下的工作。

雖然我們三人變成女性，但戰鬥力並沒有下降，而且如果隨便取消工作，會影響到破曉黃昏的信用。

再加上工作的內容，是擔任某位大貴族繼承人的家庭教師。

儘管這位繼承人十分能幹，但個性有些懦弱，所以希望能透過狩獵讓他變強硬一點。

相較於困難度，報酬算是相當豐厚，於是我們前往那位大貴族的家。

然後，管家一看見女性版的坎蒂大人就大吃一驚。

坎蒂大人平常就會宣稱自己是少女，所以或許真的是女性……但也可能是因為自認是女性才穿女裝……

那位管家的腦中現在應該像這樣閃過了各種想法吧。

「旁邊那位也很有冒險者的感覺呢……」

「對吧。不過我比較像少女。」

「喔……」

在下和坎蒂大人哪一個比較有女人味。

這一定是全世界最無關緊要的問題。

管家似乎也不曉得該怎麼回答。

「總而言之，請各位先和主公大人見個面吧。」

或許是覺得繼續和坎蒂大人說話太痛苦，管家帶我們進入屋內。

「破曉黃昏的女性成員比想像中還多呢。」

「不，莫蓋森伯爵，這背後有很多原因。」

「我並不是在責備各位，實際上破曉黃昏過去的績效非常好，我只是直接把想到的事情說出口而已。」

這次的委託人是莫蓋森伯爵。

在下曾經聽父親說過，他是專門治水的名譽貴族，算是個大人物。

儘管不像軍系貴族那麼硬派，但治水工程還是需要有一定程度的體力。

因為有時要去遠離人煙的河川或湖沼進行測量，考慮到路上必須露宿和應付野生動物，當家會一點狩獵技能比較好，與其說我們是被找來特訓，不如說是來幫忙教育。

「是有什麼隱情嗎？」

「其實……」

波魯托大人向莫蓋森伯爵說明貝肯鮑爾先生引發的魔法藥事件。

「只要忍耐個一、兩天……」

「原來如此。王國有許多貴族，其中也有一些怪人。與其花大錢做那種無聊事，我寧願拿去挖水道。」

「您說的沒錯。」

莫蓋森伯爵無法理解為什麼會有人想花大錢製作讓自己變成美男子的藥。

認為不如把錢拿去幫農民挖水道，對社會還比較有貢獻。

但這是因為莫蓋森伯爵是個絕世的美男子。

在下曾經聽父親說過，莫蓋森伯爵家的人代代都是俊男美女。

這個家族應該不需要那種魔法藥吧。

不僅如此，包含管家在內，所有傭人和女僕也都是俊男美女。

坦白講，和他們比起來，在下和坎蒂大人根本就像怪物。

「即使變成女性，坎蒂隊長的本事依然跟傳聞中一樣厲害。這位克林姆也是個魔法師。」

波魯托大人替在下和坎蒂大人辯護。

「只要不會影響實力就沒問題。那麼，就麻煩各位照顧富蘭克林了。請你們在我們家管理的狩獵場指導他，在外面露宿過一晚後，他應該會變得比較有男子氣概吧。」

叫富蘭克林的繼承人個性有點不可靠，所以莫蓋森伯爵才委託破曉黃昏透過露宿鍛鍊他。

雖然在下不認為露宿一天能有什麼改變，但這應該只是第一步吧？

「我先替各位介紹一下。富蘭克林！」

「是。」

莫蓋森伯爵大聲呼喊，一個少年走了進來。

推測是富蘭克林的少年，看起來只有十二、三歲？

他身材嬌小又纖瘦，感覺比布魯諾還要苗條，但從他端正可愛的五官，還是能看出是莫蓋森伯爵家的繼承人。

再過幾年，應該就會變成女性喜愛的美少年。

「我是富蘭克林，要麻煩各位照顧了。」

他的個性也很不錯，沒有大貴族繼承人常有的傲慢。

「富蘭克林，你之後要跟這些破曉黃昏的人一起露宿和狩獵，要確實獵到東西回來喔。」

「我知道了，父親。各位，請多指教。」

「請多指教，富蘭克林大人。（真期待他的將來——！）」

坎蒂大人一如往常，一看見富蘭克林大人是個美少年就迷上了他，但他是個公私分明的人，所以應該不用擔心吧。

「呃，請問妳叫什麼名字？」

「在下嗎？在下叫克林姆。」

富蘭克林大人畢竟是個年輕人，本來以為他是向變成美少女的布魯諾搭話，沒想到意外地是在問在下。

從他剛才與坎蒂大人的互動來看，他似乎不排斥像在下這樣粗壯的女性。

「克林姆小姐嗎？真是個英勇的名字。話說克林姆小姐現在單身嗎？」

「是單身沒錯。」

「那真是太好了。」

在下一回答目前沒有在和異性交往，富蘭克林大人就突然露出笑容。

為什麼知道在下沒有戀人或訂婚對象，會讓他這麼開心呢？

在下不解地看向波魯托大人，發現他的臉色變得十分蒼白。

「（波魯托大人，這是怎麼回事？）」

「（那位少爺的品味真不是普通的怪！）」

不是普通的怪？

這是什麼意思？

「（明明身邊一堆俊男美女，而且旁邊還有個布魯諾，為什麼會喜歡上克林姆啊？）」

富蘭克林大人，喜歡上了變成女性的在下？

怎麼可能會有這種事……

「克林姆小姐，我們一起走吧。」

「好的……」

我們立刻前往狩獵場，但富蘭克林大人說要和在下一起走，而且他的臉明顯變紅了。

「（坎蒂大人？）」

「（咦——！明明我比較有女人味——！）」

在下試著向坎蒂大人求助，但他正因為富蘭克林大人喜歡的不是自己而大受打擊。

「總之……我們先去現場吧？」

「好的。克林姆小姐，真期待接下來的兩天呢。」

「……」

雖然自己這樣講也很怪，但在下沒想到會有男性喜歡上自己的女性版樣貌……

在下開始煩惱接下來的兩天到底該怎麼辦才好。

＊　＊　＊

「富蘭克林大人，兔子跑過去了。」

「我看見了，絕對不會讓牠跑掉。」

在下變成女性後，被委託人莫蓋森伯爵家的長子富蘭克林大人看上了。

儘管無法理解為何事情會變成這樣，但工作就是工作。

我們開始在莫蓋森伯爵家管理的狩獵場指導富蘭克林大人。

因為對方是伯爵家的繼承人，所以才需要破曉黃昏這種實力強悍的隊伍負責警備，但到目前為止都沒出什麼問題，關鍵的富蘭克林大人也不像他父親說的那麼不可靠。

他將波魯托大人和達爾頓大人趕來的兔子一箭斃命，展現出色的箭術。

「真厲害。」

「妳過獎了，這隻兔子就送給克林姆小姐吧。」

不僅如此，一離開莫蓋森伯爵這位父親的視線範圍，富蘭克林大人就毫不隱藏對在下的好感。

他堅持和在下一起行動，還說要將獵到的獵物獻給在下。

在下到底該怎麼辦才好？

「（你沒告訴富蘭克林大人真相嗎？）」

「（怎麼說他都不相信。）」

「（……大概是不願意相信克林姆其實是男性的事實吧。）」

真希望他能坦率相信這世界上根本就沒有像在下這樣的女性。

當然也沒有像坎蒂大人那樣的。

「（我知道這樣講很失禮，雖然你們兩個都很不妙，但坎蒂還比你好一點。）」

儘管是五十步笑百步，但真的要比較的話，應該還是坎蒂大人好看一點。

「（討厭——人家哪裡不妙了。人家的內心可是少女，富蘭克林弟弟居然選小壯不選人家，真是太壞心眼了。）」

「（吵死了……你給我閉嘴，別再讓事情變得更複雜了。還有在我看來，你現在也是個小孩子看見你會哭著逃跑，老人家可能會嚇死的怪物。）」

儘管早就有所自覺，但在下變成女性後，應該比被波魯托大人稱作怪物的坎蒂大人還要慘不忍睹吧。

真不曉得富蘭克林大人覺得在下這種女性哪裡好？

明明他周圍都只有俊男美女。

「我第一次遇見克林姆小姐時，心裡感受到一股像是被雷打到一樣的衝擊。」

「（那當然，畢竟是個身高超過一百九十公分，幾乎全身都是肌肉的女人。）」

波魯托大人，拜託你別一直在旁邊低聲插嘴。

「過去無論見到什麼樣的女性，我都不曾有過這種感覺。這讓我察覺克林姆小姐才是我未來伴侶的最佳人選。」

這麼快就求婚了？

「富蘭克林大人，你是莫蓋森伯爵家的繼承人……」

莫蓋森伯爵家不可能接受在下這種莫名其妙的女性……雖然在下其實是阿姆斯壯伯爵家的次男，但如果現在不假裝只是個普通的女冒險者，之後事情會變得更麻煩……不對，假如說出在下的真實身分，或許富蘭克林大人就會放棄？

「當然，我無法娶妳當正妻，但一定會正式把妳納為側室。」

「請讓在下考慮一下……」

「妳願意考慮，真的讓我覺得好開心。」

唉，反正在下明天或後天就會變回男性，到時候富蘭克林大人也會放棄吧。

富蘭克林大人聽了在下的回答後，就開心地去接受達爾頓大人的個人指導，繼續狩獵。

看來富蘭克林大人不像他父親擔心的那樣不成熟，也沒有不可靠。

「克林姆小姐，今天晚上我請妳吃兔肉。」

「謝謝。」

富蘭克林大人偶爾會來向在下搭話。

簡直就像個在為妻子狩獵的丈夫。

「（克林姆，為什麼事情會變成這樣？）」

「（布魯諾是美少女，所以對富蘭克林大人沒喜歡上你這件事感到不甘心嗎？）」

「（才不會呢，我又不是自願變成女孩子，現在走在路上都會一直被人盯著看，讓我好想早點變回去。）」

與在下和坎蒂大人不同，布魯諾毫無疑問是變成美少女，他想起自己昨天出門時，因為吸引許多男性注目而感到困擾的事情。

「（而且這有一半是坎蒂先生和克林姆的錯。）」

在下和坎蒂大人與布魯諾走在一起時，看起來已經超越體格好的程度，幾乎就是男人。這樣在相反的意義上，也是相當引人注目。

「（或許他就是喜歡這個相反的部分。）」

「（波魯托先生，你說相反的部分是什麼意思？）」

布魯諾向波魯托大人問道。

「（你們想想看，莫蓋森伯爵家的人，全都是俊男美女吧？）」

「（確實如此。）」

「（因為所有族人代代都是俊男美女，所以那個家族都是和貴族聯姻，長相姣好的人當然也會愈來愈多。）」

這麼說來，富蘭克林大人的姊妹和母親也都長得很漂亮。

莫蓋森伯爵家的人都是俊男美女，與其說是血統，不如說是家系的影響。

「（對從小就在只有俊男美女的環境中長大的富蘭克林大人來說，長得好看的族人們才是普通人。他看那些俊男美女，就像我們看長相平凡的人一樣。所以也難怪他看見坎蒂和克林姆時會感到強烈的震撼。或許就是因為過於震撼，才把那誤會為愛情。）」

換句話說，對莫蓋森伯爵家的人而言，俊男美女一點都不稀奇，司空見慣了。

因此一看見長相奇特的人，富蘭克林少年就誤會自己喜歡上了在下。

「（雖然不曉得克林姆知不知道，但偶爾會有這種人呢……大貴族挑愛人的標準有時候也會讓人覺得很奇怪。）」

「（因為是從未見過的類型，所以才想把那種女性留在身邊吧。）」

人類總是在追求自己沒有的東西。

「克林姆小姐，我獵到的兔肉好吃嗎？」

「非常美味。」

「太好了。像這樣兩個人一起吃，就會變得更美味呢。」

「是啊……」

狩獵順利結束，我們趁太陽下山前，在開闊的草原地區搭帳篷露宿。

這也包含在委託內容內，是為了鍛鍊富蘭克林大人……雖然他本人正開心地邀我吃他親自獵回來的兔肉。

一擺脫父親的束縛，能和一見鍾情的在下共度一晚的喜悅，就讓他興奮到難以自拔。

他整個人看起來就像是發燒了一樣……雖然戀愛這種事或許就是如此。

但為什麼不去追求明顯是美少女的布魯諾，偏偏要選在下呢？

這世界上不可思議的事情還真多。

「為什麼不是人家——」

同樣變成女性的坎蒂大人如此吶喊，但大家都假裝沒聽見。

富蘭克林大人眼裡只有在下，所以單純是不在意。

在下也不是不能理解坎蒂大人的心情。

如果是輸給布魯諾也就算了，偏偏是輸給在下。

「差不多該睡了。」

夜色漸深，在下提醒富蘭克林大人差不多該進帳篷睡覺了。

他有一個自己專用的帳篷……但在下絕對不會和他一起睡。

破曉黃昏的成員必須輪流守夜，所以這也是理所當然。

「說得也是。克林姆小姐和我還沒有正式變成那種關係，但我會一直等著妳。」

看來他已經完全沒救了。

富蘭克林大人的腦中，似乎已經開始描繪將在下娶為側室的未來景象。

「（喂，克林姆。莫蓋森伯爵家的人應該不知道你的真實身分吧？）」

「（應該早就知道了。）」

莫蓋森伯爵家與阿姆斯壯伯爵家隸屬不同派閥，過去也沒有聯姻過，幾乎沒有任何交流，但在下這個次男加入破曉黃昏當冒險者的事情，他們不可能沒調查過。

「（雖然有跟莫蓋森伯爵說明過詳情，但他還是把這件工作交給我們處理。）」

無論事情如何發展，富蘭克林大人都不可能娶在下為側室，因為知道在下絕對會拚命阻止，莫蓋森伯爵才放心把兒子交給我們照顧吧。

另一方面，富蘭克林大人並不知道在下就是阿姆斯壯伯爵家的次男，在下目前確實是女性，所以無論別人怎麼說，他都不會接受吧。

嗯——難怪大家都說戀愛中的人是盲目的。

「（反正明天就會恢復原狀吧？莫蓋森伯爵大概是認為讓繼承人失戀一次，也是個很好的經驗吧。）」

於是當天晚上，我們輪流守夜和就寢。

到了隔天早上。

「克林姆小姐，請妳醒醒。」

「嗯……已經早上了嗎？」

不知為何，是富蘭克林大人過來叫醒在下。

「富蘭克林大人？」

「我想叫克林姆小姐起床，所以就早起了。」

「這樣啊……」

在下睡相很差，打呼聲也很大，應該讓他相當失望吧。

然而沒想到……

「克林姆小姐是個不會掩飾自己的人呢。我愈來愈喜歡妳了。」

「厲害……居然還有這種看法。」

富蘭克林大人不僅完全不在意在下的睡相和打呼聲，還反過來覺得新鮮又有魅力，讓來看狀況的布魯諾佩服不已。

感覺事到如今，不管做什麼都沒用了。

「妳的吃相還是一樣豪邁，這樣我家的廚師也會覺得很開心吧。」

「妳那龐大的身軀，是與包容力成比例呢。」

「居然連那麼大的鹿都能一擊斃命，是為了不讓獵物痛苦吧，妳真是個慈悲為懷的人。」

「……感覺不管說什麼都沒用了。」

「是啊……」

無論在下做什麼，富蘭克林大人都能從中找出優點，讓我們束手無策。

但當天傍晚準備要回莫蓋森伯爵家時，那個魔法藥終於失效了。

這讓在下鬆了口氣，因為這樣就能變回男性，躲過富蘭克林大人的追求了。

「討厭──嗯！把人家變回原來的少女啦──！」

「這才是你原本的樣子吧！」

與在下同時變回男性的坎蒂大人如此吶喊，但這就交給波魯托大人處理吧。

「人家明明變成了少女，卻一點都不受歡迎——！」

「這很正常吧。」

「波魯托真壞心眼——！」

「好了，到此為止！快點變回破曉黃昏的隊長，開始準備離開吧。」

「知道了啦。」

話雖如此，坎蒂大人不愧是幹練的冒險者。

他馬上重新振作，開始準備離開。

至於同樣變回男性的在下……

「克林姆……先生？」

「如你所見，在下只是因為奇怪的魔法藥變成女性兩、三天而已。」

雖然這對富蘭克林大人來說是殘酷的現實，但在下不可能成為他的側室，希望他能盡快從失戀的傷痛走出來。

「富蘭克林大人絕對不像你父親擔心的那樣，是個軟弱的男性。你一定馬上就會遇到其他好女人。如你所見，在下是個男人。」

「克林姆先生……」

雖然富蘭克林大人應該大受打擊，但他將來一定會認識其他好女人。

這絕對不是客套話，是在下的真心話。

「克林姆先生。」

「什麼事？」

看來他總算放棄了。

這樣在下就能順利回到原本的生活……

「我一點都不在意！就算克林姆先生是男性也無所謂！我並不是因為你是男性或女性才喜歡你！在聽了你充滿誠意的這番話後，我的心意又更堅定了！克林姆先生！請成為我的妻子吧！」

「辦不到！」

「請你務必答應！我不會放棄的！」

「請你放棄吧！」

「克林姆先生——！等等我啊——！」

「辦不到！」

「我絕對不會放棄——！」

事情就是這樣，即使在下恢復成男性，仍暫時無法擺脫富蘭克林大人的追求。

他簡直就像是生病發燒了一樣，雖然莫蓋森伯爵拚命想讓他放棄，試圖讓他恢復原狀，但還是花了好幾個月才成功。

「明明人家也變成了漂亮的女性——！」

「克林姆那算是非常罕見的例外。至於坎蒂不管怎麼樣，都不可能變成美女。」

「波魯托真壞心——！」

「我明明變成了美少女，富蘭克林大人卻對我完全沒有興趣，真是好險。」

受不了，這次貝肯鮑爾先生的魔法藥，真的是把在下給害慘了。

第十二話　瘋狂魔法師達特・斯坦

「今天也好累啊。」

「的確。」

「但明天放假呢。」

「啊，我有別的工作要處理。」

「又是找寵物嗎？」

「是不同的工作。」

今天狩獵完後，在下在回家的路上和布魯諾討論明天休假的事情，但他似乎自己接了其他工作。

坎蒂大人允許成員在破曉黃昏休假時承接其他工作。

雖然我們還是沒什麼能力的新人時，被禁止兼差，但現在布魯諾和在下都已經解禁了。

自從在下加入破曉黃昏，已經過了約一年的時間。

現在總算能夠放下新人的頭銜了。

「是什麼工作？」

「不是什麼大不了的工作啦。只要半天就結束了。」

「這樣啊。」

在下當時沒有進一步追問，隔天早上輕鬆地送布魯諾出門後，就開始看與魔法有關的書。

「好了，來看跟布魯諾借的書吧……哎呀，明明是新書卻掉頁，真是不吉利……唉，大概是錯覺吧。」

日後，在下非常後悔當天居然讓布魯諾獨自出門。

＊　＊　＊

「啊？你說布魯諾死了？別開玩笑了。」

布魯諾明明說那個工作只要半天就能結束，結果當天卻沒有回家。

在下隔天出門找他時，一個年輕的神官主動前來搭話。

在下一問他有什麼事，對方就告知了布魯諾的死訊。

因為這玩笑實在太過惡劣，在下嚴厲地逼問那名神官，但他的回答還是沒有改變。

然後，在那位神官的帶領下，在下來到教會總部內一棟隱密的建築物。

室內放了一張簡陋的床，上面躺著一個全身被白布蓋住的人。

床邊有個年輕的魔法師……仔細一看，居然是艾弗烈大人。

在下對另一個穿著神官服的老人也有印象。

才五十幾歲就被王國的人視為老謀深算的妖怪，即將成為妹妹妮娜公公的人物。

「霍恩海姆樞機主教……」

「在將遺體還給遺族之前，能請你幫忙確認一下嗎？雖然遺體的狀況不太適合給遺族看……但臉應該沒事。」

「臉沒事？」

這傢伙到底在說什麼……居然說布魯諾死了，神官怎麼可以說謊呢。

他不可能死，在下把臉上的白布掀開，準備怒罵這才不是布魯諾。

「布魯諾……怎麼可能！布魯諾怎麼可能會死！」

為什麼會這樣？

他出門前，明明說是只要半天就能完成的簡單工作。

布魯諾怎麼會因為這麼簡單的工作而死！

「布魯諾！你快醒來！別開玩笑了！在下知道你偶爾會做這種事嚇唬人！」

為什麼不論在下怎麼搖，布魯諾都沒有醒來？

惡作劇的時間應該已經結束了！

「快住手吧。你把身體上面的布掀開來看看。」

在下按照霍恩海姆樞機主教的指示，掀開布魯諾身上的布……

「這是怎麼回事！」

為什麼布魯諾身上會有這麼多嚴重的裂傷？

傷口實在太深，甚至能看見骨頭與內臟。

這是銳利的刀刃……不對，是強力的『風刃』造成的！

「布魯諾明明說那份工作只要半天就能結束！為什麼會變成這樣？」

為什麼布魯諾會死？

既然特地把在下找來這裡……表示和這個妖怪有關吧。

艾弗烈大人也有參與嗎？

「果然是布魯諾啊。雖然不可能搞錯，但姑且還是得確認一下。畢竟要把遺體還給遺族……」

「臭妖怪！你別再裝模作樣了，快說這是怎麼回事！」

明明有人被殘忍地殺害，而且死的人還是在下的好友！

這怎麼看都不是自殺或意外，布魯諾是被人虐殺了！

即使妮娜即將成為他的媳婦……在下還是無法原諒這個男人！

「年輕人就是這麼容易激動。阿姆斯壯伯爵家的次男啊，你也稍微考慮一下老夫的身分和妹妹的事情吧？」

「嗚嗚……」

妮娜再過不久就要嫁給這傢伙的兒子……

這個臭妖怪！難道打算欺負妮娜嗎？

「害怕後冷靜下來了嗎？」

「霍恩海姆樞機主教，你這種作法實在讓人不以為然。」

「艾弗烈。」

「我和你之間的交情應該沒有好到能直呼其名的程度吧……你看起來就沒什麼朋友。」

艾弗烈大人這是在幫助在下嗎？

這兩人看起來關係不太好。

「這一切都要怪你這個自以為是的外行人亂下判斷吧？這個少年等於是被你害死的。身為侍奉神的神官，這實在是太失敗了。你眼前的少年是因為好友的死才如此激動，而你居然還利用權力和地位，甚至用他的親人當人質威脅他。你真是個不得了的壞人啊。」

「你真是伶牙俐齒，不愧是目前最強的年輕魔法師。」

「就算被你稱讚，我也不會覺得高興。」

霍恩海姆樞機主教和艾弗烈大人互瞪了好一會兒，但新進來這個房間的人緩和了這個緊張的氣氛。

「現在是吵架的時候嗎？」

「坎蒂大人！你怎麼會來這裡？」

在下原本正想去找他，向他報告布魯諾假日去打工後，就一直沒有回來的事情。

「人家也有自己的情報網。布魯諾……」

坎蒂大人一臉悲傷地看向布魯諾的遺體。

「這孩子是我們隊伍的人。如果只是趁假日利用魔法接開墾或工程的工作，那倒還無所謂，但布魯諾是被魔法師所殺。而且對方還是相當厲害的高手。你該不會派布魯諾去暗殺那個魔法師了吧？」

坎蒂大人朝霍恩海姆樞機主教釋放出彷彿要將人射穿的殺氣。

雖然在下已經習慣了，但普通人就算因此暈倒也不奇怪。

「沒錯。」

這個妖怪，居然有辦法承受坎蒂大人的殺氣。

他果然是個妖怪。

「派中級偏上的新手魔法師去？不管怎麼想都沒有勝算吧。你如果再不適可而止……」

下一個瞬間，坎蒂大人以迅雷不及掩耳的速度繞到霍恩海姆樞機主教背後，用偷藏的刀子抵住他的脖子。

在下完全來不及反應。

「艾弗烈，你不覺得讓他殺了老夫不太妙嗎？這樣他也會被問罪喔。」

「以你在教會的地位應該有不少敵人，難得你沒帶護衛就進入密室，或許那些希望你死的教會人士，會幫忙把這安排成意外或自殺呢。」

「要是這樣就好了，但你不覺得身為一個人，這時候應該要伸出援手嗎？」

這個妖怪明明沒什麼戰鬥能力，卻一點都不怕架在脖子上的刀子。

真是個不能小覷的男人。

「我覺得他不會那麼做。」

「喔，破曉黃昏的隊長，為什麼你會這麼想？」

「哎呀，你居然認識人家這種小人物。因為人家要是真心想殺你，可能早就已經先被他殺掉了。」

原來如此，如果坎蒂大人是認真想殺害霍恩海姆樞機主教，艾弗烈大人不可能坐視不管。

「真是個討厭的人。你也是因為明白這點才毫不動搖吧？居然都不擔心自己會被殺，是因為神官都覺得自己被神保佑嗎？」

「呵，你這話還真有趣。人只要在教會裡爬得愈高，就愈不相信神的保佑。」

「這樣還要當神官？」

「就是因為這樣才要當神官。老夫是代代都與教會有關的貴族家的人。為了這個國家的安寧，就算沒有神的保佑，依然需要教會。而且即使如此，在大家心裡的某個角落，還是會相信神的保佑。老夫或許也是如此。」

「哼──人家對你的內心一點興趣也沒有。總之現在還有一件非做不可的事情吧。」

「的確。他的遺體損壞得非常嚴重，不適合直接交給家人……」

「是啊，人家也來幫忙吧。居然會注意到這種事，你真是個好男人呢。艾弗烈．雷福德，看來你是個跟傳聞中一樣的人。」

「我是個普通人，只是那個樞機主教太庸俗了。」

「哼，隨你們怎麼說。」

在坎蒂大人開口前，艾弗烈就提議要為遺族修復布魯諾的傷口。

在下覺得他不僅是個優秀的魔法師，還是個非常溫柔的人。

「老夫也來幫忙吧。」

「你有什麼企圖？」

這個腐敗的神官居然會免費幫忙，看來明天要下雨了。

「阿姆斯壯伯爵家的次男啊，你怎麼年紀輕輕，講話就這麼直接。」

「在下的名字是克林姆．克里斯多夫．馮．阿姆斯壯！」

「是你先對他說了那麼多失禮又不體貼的話吧？這叫自作自受。」

艾弗烈大人看起來也不想把溫柔用在他身上。

「真是的，看來老夫在這裡算是少數派……老夫也是有自己的想法，才會祕密委託布魯諾。他和老夫想的一樣口風很緊，連對好友克林姆都沒有洩漏工作內容。雖然很遺憾任務失敗了，但這是老夫的責任。即使這個行為符合正義，還是沒受到神的保佑。而要為他的失敗負最大責任的不是別人，正是老夫。所以老夫也不希望讓他的遺族收到這麼悽慘的遺體。就只是這樣而已。」

「霍恩海姆樞機主教……」

「克林姆先生，他還是有一點可取之處的。」

艾弗烈大人拍著在下的肩膀說道。

不可思議的是，一聽見他沉穩的聲音，在下對霍恩海姆樞機主教的敵意就逐漸消失了。

「總之得先修復這些傷口，替他換件新的衣服吧。」

「幸好有坎蒂大人在。」

「雖然人家很擅長縫紉，但還是比較希望能把這項技能用在替布魯諾縫衣服上面。」

我們分工合作，一起縫合布魯諾身上的傷口。

在下縫傷口時一點都不覺得害怕或噁心，只希望這個舉動能稍微舒緩莉茲小姐的悲傷。

因為是四個人在做，不到一小時就結束了。

縫完傷口後，我們幫布魯諾清潔身體，脫下染血的長袍，換上乾淨的衣服，為了避免遺體腐壞，霍恩海姆樞機主教幫忙準備了冰塊。

他多少也對布魯諾的死感到有些責任吧。

「霍恩海姆樞機主教，你差不多該說明一下了吧。三天前，我明明說過這個工作必須等一個星期，為什麼你還要派布魯諾大人去執行這麼危險的任務？即使你在魔法方面是門外漢，應該也明白他不是那個『殺人魔』的對手吧？」

處理完布魯諾的遺體後，我們開始詢問詳情。

首先是艾弗烈大人詢問霍恩海姆樞機主教為何要忽視自己的忠告。

「因為在這個星期裡，一定會出現新的犧牲者。而且那個艾加．崔達也會一起去。老夫原本以為只要那兩人合力，就能贏過那個殺人魔。」

什麼！

艾加．崔達也和布魯諾一起執行機密任務？

「他後來怎麼了？」

「姑且保住了一條命。他也受了重傷，但勉強活著逃了回來。老夫有派人替他治療，但他已經成了廢人……只能交給教會照顧了。」

「變成廢人是什麼意思？」

艾加．崔達！

他丟下布魯諾，自己逃回來了嗎？

這卑劣的男人根本配不上他的名聲！

「克林姆先生，現在不管對艾加．崔達說什麼都沒用了。對吧？霍恩海姆樞機主教。」

「沒錯。」

霍恩海姆樞機主教簡短回答艾弗烈大人的問題。

「這是什麼意思？」

「冒險者偶爾會遇到這種狀況。那個叫艾加．崔達的孩子只是勉強活了下來，但他遭受的打擊太大，所以心已經死了。」

「破曉黃昏的隊長說的沒錯。雖然他的傷勢徹底痊癒，但心已經回不來了。之後會送他到鄉下的教會繼續治療……但應該沒什麼希望吧。恐怕必須像個活死人般過一輩子。」

那個艾加·崔達……預備校魔法師班的榜首，十年一見的天才居然……真是難以置信！

「艾弗烈大人。」

「他確實是個『秀才』，但那個殺人魔是『天才』。而且那個殺人魔目前四十幾歲，正是魔法師的全盛期。不懂魔法的霍恩海姆樞機主教只看魔力量，就對艾加·崔達和布魯諾大人下達了暗殺命令。最後那兩人失敗了。霍恩海姆樞機主教，這是你的失誤。」

「老夫無話可說。確實都是老夫的錯。不過明知道這段期間一定會出現新的犧牲者，你要老夫怎麼不焦急。」

「結果就是害死了布魯諾，讓艾加·崔達變成廢人。為什麼要這麼焦急？」

「雖然老夫在民間常被當成是庸俗的陰謀家或妖怪，但還是有一點良心。光是讓那個殺人魔在世上多活一天，就會讓老夫感到不快。事情就是這麼簡單。」

「原來如此，你姑且還是有一點良心在啊。」

「雖然是出於好心，但過於焦急就失敗了……原來如此。克林姆先生，你這樣應該聽不太懂，我來替你說明一下。總不能現在還把你當成局外人……」

艾弗烈大人開始替在下詳細說明這次的事件。

「就跟你想的一樣，殺人魔是個非常優秀的魔法師。魔力量在上級魔法師中也算是頂級。殺人魔是他私底下的綽號，他的本名是達特．斯坦。」

艾弗烈大人繼續說明。

「他從小就開始展露出魔法的才能，並順利累積實力，在預備校被稱作十年一見的天才。而且是貨真價實的天才。畢業後不到一年，就被認為是年輕魔法師中最閃亮的新星。但他有個很大的缺點……」

達特．斯坦擁有一個讓他無法在一般社會正常生活的癖好。

那就是他對女性完全沒有興趣，必須靠傷害生物來平息性衝動。

「他好像是小時候用剛學會的魔法把蟲子分屍時，察覺了自己的癖好。大部分的人在小時候應該都有為了玩樂殺害蟲子的經驗。」

「要是能在這裡止步就好了。」

「沒錯，幾乎所有人都在這時候停止了。等成為大人後，也會回頭反省自己為什麼要做這麼殘忍的事情，但他不一樣。」

漸漸地，光用魔法撕裂蟲子已經無法讓他滿足，他在念預備校時將目標換成動物。

「他還在上學時，經常幫忙驅除野狗和野貓。像他這種程度的魔法師，根本沒理由積極去接這種賺不了多少錢的工作。不對，他有他的理由。」

因為用魔法傷害野狗和野貓，剛好能夠消除他的性衝動。

根據艾弗烈大人的說明……當時人們都沒有發現，還以為達特·斯坦是個好人。

「你調查得真清楚。他明明跟你是不同輩的人。」

「是我師傅幫忙調查的。」

「哎呀，你也有師傅啊。是個好男人嗎？」

「當然有。至於算不算好男人，請你自行判斷。達特·斯坦從預備校畢業後，終於變得連動物都無法滿足了。」

他開始積極狩獵強悍的大型魔物，但還是無法滿足，最後終於對人類出手了。

「漸漸地，與他一起行動的隊員開始頻繁失蹤。就連冒險者公會都開始起疑。」

明明是和優秀的魔法師一起行動，居然還會定期有冒險者被魔物殺害。

而且達特·斯坦明明是個優秀的魔法師，卻無法拯救同伴和回收屍體，這當然會讓人起疑心。

「某天，達特·斯坦殺害同伴失敗。那個受重傷的冒險者逃進公會，讓他的罪行全都曝光了。」

殺人魔達特·斯坦的罪行就這樣被公諸於世。

「那時候他大概幾歲？」

「應該還未滿二十歲。」

「喂，這表示冒險者公會已經放任那個殺人魔三十年了嗎？警備隊都沒行動嗎？」

「這就是他讓人覺得棘手的地方。」

冒險者公會和警備隊聯手偵查後，發現有超過一百個冒險者是死在達特·斯坦手上。無論他是多麼優秀的魔法師，殺了這麼多人一定會被判死刑。

然而，有人偷偷藏匿了他。

並對外宣稱達特．斯坦已經死了。

「那個人就是前任國王的弟弟，布魯格公爵。他當初是在前前任國王的幫助下，創立了布魯格公爵家。」

已經去世的前任國王的弟弟謊報達特．斯坦已經死亡，將他藏匿了起來。

這麼一來，冒險者公會和警備隊都無法出手。

「達特．斯坦平常是住在位於王都近郊的巴塞爾子爵領地。那裡不屬於警備隊的管轄，因此他們也無法出手。」

貴族是經王國承認的臣子，但王國還是很難干涉領地內的事務。

在下曾聽父親提過這件事，所以也能夠理解。

「這是因為巴塞爾子爵娶了布魯格公爵的女兒為妻，至於殿下為何不方便管這件事……」

「老夫來說明吧。王國裡知道這件事的人不多，你們可別洩漏出去。要是被滅口，老夫可不負責。」

一洩漏就可能會死，到底是什麼樣的內幕？

「雖然外界都認為布魯格公爵是在前任國王後面出生的弟弟，但他其實是前任國王的雙胞胎弟弟。許多人都覺得他們長得很像，但這也是理所當然。畢竟他們是雙胞胎。然後，布魯格公爵心裡應該會覺得『或許這個國家的王位本來是屬於自己的』。」

因此他利用前任和現任國王不方便干涉自己這點，蓄積實力。

公爵沒有領地，因此他的力量來源是資產與人脈。

「公爵不斷與王都周邊的地方貴族聯姻，還把達特・斯坦借給有婚姻關係或交情良好的貴族。達特・斯坦不是只會攻擊人的魔法，他是擅長所有系統魔法的天才，在開發和整頓領地時能幫上很多忙。」

作為回報，布魯格公爵必須藏匿和照顧他吧。

「除此之外，布魯格公爵也有幫忙滿足他的性癖。」

「不只藏匿犯罪者，還幫忙消解他的慾望嗎？」

「幫忙？他再怎麼說也是王族吧？」

怎麼可以容許這種事情發生！

「作為一個人，這可以說是最卑劣的行為，但對王族和貴族來說就不一定了。」

「這是什麼歪理！」

在下絕不認同這種藉口！

「重點在於如何權衡。」

多虧了布魯格公爵將達特・斯坦派去開發領地，許多貴族領地的田地增加、洪水減少，不僅不再缺水，還建造了期盼已久的街道與橋樑。

霍恩海姆樞機主教表示許多領民因此獲得幸福。

「但需要定期提供祭品給他吧？我不認為達特・斯坦會這樣就改過自新。」

「沒錯。目前每個月，都會有幾個人活生生被『風刃』斬殺。因為不能把委託開發的貴族領民當成祭品，所以那些祭品都是來自王都的貧民窟。」

貧民窟有許多就算失蹤也不會有人在意的人。

「這種事居然持續了三十年？別開玩笑了！」

布魯格公爵家的人會假裝提供「工作機會」，將貧民窟的居民騙去給達特・斯坦虐殺。

王都的王族和貴族……不對，陛下為什麼會放任這麼殘忍的事情發生？

「是因為愧疚。」

「愧疚？」

「沒錯，雖然布魯格公爵是前任國王的雙胞胎弟弟，但也有傳聞說他其實可能是哥哥？」

「這是真的嗎？」

「誰知道，老夫也不清楚。畢竟老夫又沒實際目睹他們出生。只是這種事情很難證明。」

「就是所謂無法完成的證明吧。對現在的陛下不滿的貴族們，應該會在檯面下擁立布魯格公爵吧。」

「一定會有那樣的貴族吧。雙胞胎中先出生的是哥哥還是弟弟？這也是個難解的問題呢。」

赫爾穆特王國現在認為後出生的是哥哥。

這是因為人們認為後出生的胎兒位於子宮深處，是比較早成形的哥哥。

但北方的假想敵國阿卡特神聖帝國，認為先出生的才是哥哥。

他們認為就是因為已經先成為一個完整的人類，才會先一步出生。

但幾百年前，兩國的想法完全相反，甚至還有地區至今仍認為雙胞胎是不吉利的徵兆，必須殺掉其中一方。

簡單來講就是沒有明確的判斷基準。

「即使按照出生順序決定誰是哥哥誰是弟弟，還是會有人抱怨。特別是國王的孩子。雙胞胎一出生就會成為紛爭的火種。」

所以前前任國王才會把布魯格公爵的記錄改成一年後出生的弟弟，為了避免兩人爭奪王位，還將他封為公爵。

現在的陛下也因為這些過去的事情，不方便對布魯格公爵這個叔叔干涉太多。

「他本人應該也有所不滿，並覬覦著王位吧。但他是個公爵。」

就是因為沒有領地，所以他才會利用出借達特・斯坦獲取的金錢，以及聯姻和圍繞達特・斯坦建立的人脈打造自己的派閥吧。

「達特・斯坦是殺人魔，但他在協助開發領地時，不會對那個領地的貴族與領民出手。」

「因為布魯格公爵都會好好替他準備祭品。」

「沒錯。達特・斯坦原本就對金錢、地位和名聲沒有執著。只要幫忙藏匿他，照顧他的生活，並每個月替他準備一次祭品，他就會乖乖完成工作。」

「從為政者的角度來看，真是個難判斷的傢伙。」

他每個月都會固定殺死幾個人，但他是個優秀的魔法師，在開發領地時非常有用。

「至少布魯格公爵認為他帶來的利益，比每個月犧牲的那些人還要多。」

「因為不僅能賺錢，還能建立人脈。這表示布魯格公爵果然對王位還有留戀吧。」

「誰知道？老夫也不曉得他在想什麼，唯一能確定的是達特．斯坦必須死。」

霍恩海姆樞機主教認為這樣下去不行，所以才會計畫暗殺已經被布魯格公爵藏匿了三十年以上的達特．斯坦。

然後讓布魯諾因為這個計畫被殺。

「所以我才要你等一個星期。對付他那種程度的魔法師，需要做很多準備，我手邊也還有其他委託要處理。真希望你能夠有點耐心。」

霍恩海姆樞機主教沒等艾弗烈大人，就先委託艾加．崔達和布魯諾兩人去暗殺達特．斯坦，最後失敗了……

「如果繼續等下去，又會出現新的犧牲者。老夫運氣好聯絡到兩個優秀的魔法師，艾加．崔達又表現得自信滿滿，所以本來以為應該會順利。」

「這就是只看魔力量來判斷魔法師實力的壞例子……達特．斯坦是個經驗豐富又狡猾的魔法師，即使是我，也頂多只能和他打平手。艾加．崔達是個在各領域都持續被周圍稱讚的年輕人，久了就會誤以為自己是無人能敵的天才。年輕人的驕傲自滿只會招致失敗，這次甚至還成了他的致命傷。像霍恩海姆樞機主教這樣的長輩，本來應該要負責提醒像他這樣的年輕人才對。」

「布魯諾雖然年輕，但非常冷靜。老夫本來以為他能夠填補艾加·崔達的不足。」

布魯諾，你是因為覺得讓艾加·崔達一個人去會太危險，才接下這個任務嗎？

「無論如何，既然霍恩海姆樞機主教擅自安排的暗殺行動已經失敗，我們接下來面臨的狀況將變得更加棘手。」

會更加棘手嗎？

首先，達特·斯坦已經察覺有人想對他不利。

當然，藏匿他的布魯格公爵也一樣。

「暗殺靠的是出其不意，所以第一次最容易成功，但這個機會已經被還不成熟的布魯諾和艾加·崔達用掉了。既然對方已經有所警戒，即使之後讓艾弗烈先生與其他上級魔法師一起執行暗殺，對方也馬上就會發現並逃跑。若只有艾弗烈先生一個人，那成功率又更低了。」

「的確。老夫透過各方人脈，得知達特·斯坦會在巴塞爾子爵領地內的廣大森林裡不斷轉移據點。森林裡蓋了很多小木屋，他平常就是在那裡生活，但為了防備不知何時會來的暗殺者，他會隨機更換居住的小木屋。布魯格公爵家和巴塞爾子爵家的人會一起在森林裡警戒那個殺人魔。所以必須突破他們的監視網，找出達特·斯坦潛伏的小屋，然後殺掉他。之前可能因為是第一次，所以才有辦法那麼順利。畢竟人不擅長處理突發狀況。」

話雖如此，也只有成功襲擊達特．斯坦而已。

最後暗殺還是失敗，布魯諾也丟了性命。

「正因為如此，現在達特．斯坦和布魯格公爵應該都有所警戒。這三十年來，達特．斯坦也不是沒被暗殺過，但次數並不頻繁。」

「沒錯。暗殺達特．斯坦是項非常危險的任務，姑且不論能獲得多少報酬，至少確定不會獲得表揚，畢竟到頭來還是殺人。」

即使成功暗殺達特．斯坦，也不能在布魯格公爵面前炫耀自己的功勞。

這項賭上性命進行的正義之舉，終究只能消失在歷史的陰暗面中。

「那為什麼艾加．崔達要接受這個暗殺任務？」

他是個普通人，應該只想獲得與自己實力相符的名聲。

即使成功暗殺達特．斯坦，也無法向別人炫耀，這樣接這個任務有什麼意義。

「雖然無法獲得表揚，但貴族、富人和冒險者公會的高層私底下還是會對他另眼看待。他認為加上可公開的成果後，自己或許就能獲得超越艾弗烈．雷福德的評價吧。」

「坎蒂大人？」

「雖然小壯和布魯諾都不知道這件事……但其實艾加．崔達非常煩惱。」

「即使艾加．崔達是全預備校最有名氣的學生，畢業後就只是個優秀的年輕魔法師。再加上在年輕的魔法師中，目前聲勢最旺的還是艾弗烈．雷福德。」

聽見霍恩海姆樞機主教說的話後，艾弗烈大人對他露出厭惡的表情。

畢竟這就像在說這次會失敗，有一半是你的錯一樣。

艾加・崔達之所以失敗，是因為沒有正確掌握自己的力量。

他為了獲得超越艾弗烈大人的名聲，做了超出自己能力範圍的事情。

事情就是這麼簡單。

「布魯諾察覺了這點，所以一開始本來想阻止他，但艾加・崔達終究還是接受了暗殺任務。布魯諾無法捨棄他，為了能在關鍵時刻阻止他亂來，才參加了這項任務嗎？」

「大概就是這樣吧。布魯諾明明可以不管艾加・崔達，直接拒絕任務就好……」

布魯諾，你真是個溫柔的男人。

但最後也是這份溫柔害了你。

「只要他拒絕任務，艾加・崔達也不會勉強接受……不，應該不可能吧。」

沒錯。

即使布魯諾不參加，艾加・崔達也會獨自接下暗殺任務。

如果一對一戰鬥，艾加・崔達絕對沒有勝算，布魯諾就是明白這點，才會接受暗殺任務。

布魯諾，你真是個笨蛋！

「人家大概明白情況了。那麼，要怎麼處理達特・斯坦？這次也要放棄嗎？」

「坎蒂大人，你說『這次也要』是什麼意思？」

「赫爾穆特王國的高層、教會和冒險者公會，也不是所有人都沒血沒淚。達特・斯坦過去曾經被暗殺過三次，但最後都失敗了。上一次是王國軍系大貴族中的幾名有志之士，一起祕密籌劃。小壯的父親也有參加和出錢呢。」

「父親也有參與嗎？」

在下還是第一次聽說這件事！

「破曉黃昏的隊長，你知道得還真清楚。究竟是從哪裡獲得這些情報？」

「這是祕密。少女本來就有許多祕密。」

看來坎蒂大人並非單純只是個知名冒險者隊伍的隊長。

雖然就連霍恩海姆樞機主教都很驚訝，但坎蒂大人巧妙地將情報來源蒙混過去。

「不過既然那個達特・斯坦這麼惹人厭，為什麼藏匿他的布魯格公爵至今都沒被懲罰？」

只要讓陛下懲罰他們就行了吧。

「問題就在於陛下對布魯格公爵懷抱著複雜的感情。」

「複雜的感情？」

「關於前任國王的事，沒人知道真相。但許多貴族都在私下流傳這件事，就連陛下也遭到懷疑。」

或許布魯格公爵才是真正的王位繼承者。

如果向他追究達特・斯坦的事情，實在無法預測會造成什麼樣的結果。

「雖然感覺有點想太多了。」

「陛下也是人，偶爾也是會煩惱。總之即使現在向陛下呈報這件事，也無法制裁布魯格公爵吧。所以臣子們才會想要祕密處理掉達特・斯坦。」

只要能暗殺達特・斯坦，就能斷絕布魯格公爵的資金來源和人脈。

「但還是不能一直失敗。過去那三次暗殺計畫失敗後，都沒什麼好下場。不僅害死了當時知名的厲害魔法師，還讓達特・斯坦在累積經驗後變得更強了。」

「你也講得太事不關己了吧。明明就是你害我當初的計畫泡湯了。」

「泡湯？」

「我本來想設法讓另一位上級魔法師參加，提高勝算。結果才剛做好準備，事情就變成這樣了。現在達特・斯坦和布魯格公爵都已經提高警戒，很難湊到兩名上級魔法師發動襲擊。話雖如此，如果只有我一個人去，那勝算頂多只有四成。再加上萬一我失敗了……」

未來十年應該都找不到能夠暗殺達特・斯坦的厲害魔法師吧。

「沒錯。即使不用接這種任務，也能自己賺錢輕鬆地活下去。反正犧牲者都是貧民窟的居民，不會對我們造成直接危害。」

「討厭貧民窟的貴族也不少。其中有些人雖然沒有直接擁護布魯格公爵，但還是有偷偷包庇他。」

「即使住在貧民窟，也同樣是人！難道貧民窟的人就活該被殺人魔殺死嗎？」
「雖然殘酷，但大人的世界就是如此。霍恩海姆樞機主教有什麼想法？」
「達特·斯坦是殺人魔，老夫覺得應該要制裁他。事到如今，老夫也不打算拿青澀的正義感當理由，但要是幾年後這件事被世人發現，臣民們對王國的不信任感就會一口氣攀升，這對王國來說不是件好事。」
「那關於達特·斯坦立下的功勞呢？」
「他是個優秀的魔法師沒錯，但帶來的負面效應太大了。真要說起來，魔法師的世界每年都會有人被冠上數年難得一見的新星，或是十年難得一見的天才之類的稱號。就算少了一個達特·斯坦，還是馬上就會出現新的優秀魔法師。」
的確，如果認真計算，感覺每隔兩、三年就會跑出一個十年難得一見的天才。
「艾弗烈，你找的另一個上級魔法師是誰？」
「其實是我的師傅，但他已經無法參與了。」
「是布蘭塔克啊！他應該已經被布魯格公爵提防了。」
「我也一樣，雖然一個人行動是沒什麼問題，但不可能和他會合。」
就算艾弗烈大人是上級魔法師，讓他獨自挑戰達特·斯坦，風險還是太高了。
「看來只能放棄了。還是即使失敗的機率很高，依然要派我一個人去？我這個單身的人是沒什麼牽掛，就算死了也無所謂，但請先做好未來十年都找不到繼任者的心理準備。」

的確，如果連艾弗烈大人都無法成功，在下或其他魔法師就更不用說了。

「……這次就先放……」

「請等一下！」

「克林姆？」

「在下願意一起去！」

作為一個魔法師，在下確實還不夠成熟。

但只要和艾弗烈大人聯手就有希望！

「克林姆大人，雖然這樣講很失禮，但以你的實力……」

「是啊，或許有點太魯莽了。」

「霍恩海姆樞機主教，坎蒂大人，請讓在下試試看吧！」

只要有艾弗烈大人在，一定能找出方法！

而且達特・斯坦是在下的好友布魯諾的仇人！

「如果是布蘭塔克也就算了，克林姆大人只是個初級魔法師……」

「雖然一個人不可能贏，但只要和艾弗烈大人聯手，一定能找到辦法！在下的身體很結實！即使是有點危險的作戰也能配合！」

艾弗烈大人也說過，不能光靠魔法師的魔力量，來判斷暗殺任務能否成功。

在下現在充滿幹勁！

「小壯，你……艾弗烈先生怎麼想？」
坎蒂大人向從剛才開始就一語不發的艾弗烈大人問道。
他似乎在沉思什麼。
「克林姆先生，這次行動很危險，就連我都沒把握能活下來。」
「如果讓在下參加，應該能稍微提升艾弗烈大人的生存率！」
要是覺得在下礙手礙腳，可以直接把在下當成盾牌！
「你為什麼想參加這次的行動？是為了替好友報仇嗎？」
「不然還有什麼理由？如果不能替布魯諾報仇，在下還有資格自稱是他的好友嗎？就只是這樣而已！」
在下現在只想替布魯諾報仇。
就只是這樣而已。
「過去的那些犧牲者和王國的政治都無所謂嗎？」
「雖然不至於無所謂，但現在最重要的是替布魯諾報仇！」
在下只是遵從想替好友報仇的本能，志願參加這次的行動。
「好。就讓你跟我一起去吧。」
「艾弗烈！就算你覺得沒關係，要是克林姆大人有什麼三長兩短……」
「事到如今，還在擔心阿姆斯壯伯爵家嗎？克林姆先生現在已經離開家門，而且阿姆斯壯伯爵家的當家過去也曾嘗試暗殺達特・斯坦。他應該也會贊成吧？」

「……」

「坎蒂大人有什麼意見嗎？」

「人家也覺得很危險，但也想尊重小壯的意願。而且……」

「而且？」

「雖然人家也不曉得該怎麼說明，但總覺得會很順利。算是冒險者的直覺吧？」

「原來如此，直覺嗎？」

「不可以小看少女的直覺喔？」

「這樣聽起來又更可靠了呢。那麼，明天我就和克林姆先生一起執行暗殺任務。至於事前的準備……」

「人家也來幫忙吧。霍恩海姆樞機主教，你還是早點覺悟吧？」

「知道了。老夫也來幫忙準備。」

事情就這樣決定了。

在下與艾弗烈大人，將祕密暗殺達特・斯坦。

「既然已經決定要幹，老夫也會全力以赴。艾弗烈，克林姆大人。」

「嗯？」

「什麼事？」

「老夫會替你們善後。要是覺得沒勝算就逃回來吧。」

「那真是太感謝了。克林姆先生，你聽見了嗎？」

「哼！沒那個必要！我們一定會殺了達特・斯坦！」

「年輕真好。雖然對接下來要去執行暗殺的人講這種話好像不太適合。」

就這樣，在下和艾弗烈大人決定執行針對殺人魔達特・斯坦的暗殺任務。

第十三話　暗殺行動正式開始

「布蘭塔克那邊似乎沒什麼動靜，應該不會對我們造成影響。」

「他是要回旅館喝酒嗎？」

「其他組有在監視，但沒有發現艾弗烈的身影，他應該沒和布蘭塔克會合。」

「那就好。只要別讓上級魔法師聚在一起對付達特．斯坦就好。」

我們今天也按照主人布魯格公爵的命令，監視住在王都的知名魔法師。

這是因為替布魯格公爵家帶來許多資金和人脈的達特．斯坦，在前天遭到暗殺者襲擊。

雖然達特．斯坦不常被暗殺者盯上，但每隔七、八年就會發生一次這種事。

他是個優秀的魔法師，所以派來殺他的人也必須具備相當的實力，這種人沒那麼好找。

他平常都躲在巴塞爾子爵領地內的廣大森林裡，那裡也有士兵在戒備。

目前要暗殺他可說是相當困難。

只要警戒上級魔法師聚集在一起的狀況就好。

雖然對我們這些監視的人來說很麻煩，但這也是工作。

「艾弗烈‧雷福德會單獨過來嗎？」

「誰知道。除了他以外，還有很多有名的魔法師。其他組的人也都在監視，但目前還沒收到有魔法師聚集在一起的報告。如果只派一個人去，一定會反過來被打倒。」

「達特‧斯坦會開心地切碎暗殺者吧。」

「雖然是那種傢伙，但還是能為全體帶來利益。我們的薪水也有一部分是靠他，所以只能保護他了。」

為了保護殺人魔監視別人，雖然這不是什麼能告訴家人的工作，但如果沒有布魯格公爵家，我們就要失業了。

＊　＊　＊

執行暗殺的那天晚上，在下與艾弗烈大人站在巴塞爾子爵領地內的森林入口。

「如果只有一個上級魔法師，果然就不會被嚴密監視。」

我們接下來要潛入森林深處，找出躲在某間小屋的達特‧斯坦解決掉他。

「計畫本身並不複雜，只要殺了他就行了。雖然也可能反過來是我們被殺掉。」

「在下會努力不讓事情變成那樣！」

「說的沒錯。我也還想繼續享受人生呢。」

艾弗烈大人和在下明明只差五歲，卻已經被譽為最強的年輕魔法師。

真是太厲害了。

不對，現在應該專心和他一起討伐達特．斯坦。

「不曉得達特．斯坦躲在哪一棟小屋？」

「這點我師傅已經幫忙調查過了。他也是單獨行動，所以沒被嚴密監控，有名的魔法師偶爾會進入危險的魔物領域，布魯格公爵家的人沒辦法跟進去監視。」

他假裝在那裡工作，趁機調查達特．斯坦的所在地嗎？

看來艾弗烈大人的師傅也是個厲害的魔法師！

「他現在應該在自己的旅館房間裡喝酒發牢騷，但這也算是分工合作。不如說我們這邊的狀況在各方面都比較嚴苛。」

「那麼，出發吧。」

說完後，我們開始走進森林。

然而沒走多久，我們就在前方察覺到人的氣息。

「真奇怪……我明明完全消除了氣息……」

而且艾弗烈大人前進時，應該完全避開了配置在森林各處的士兵。

我們擺出警戒的架勢後，發現對方是認識的人。

「嗨——艾弗烈先生，小壯，你們好嗎？」

「「坎蒂大人！」」

「因為來不及替你們送行，所以人家就努力追來了。」

努力追來……坎蒂大人明明不是魔法師，居然有辦法在不被敵方士兵和我們發現的情況下來到這裡？

「你果然也是個狠角色？」

「被好男人稱讚了。雖然人家不能跟你們一起去，但想把這些東西交給你們。」

坎蒂大人帶來了一件內衣和大量魔法藥。

「這件穿在小壯的長袍底下。就算是威力強大的魔法，應該還是能擋個幾次。」

「真方便！」

只是這件內衣會突顯出身體的線條。

反正是穿在長袍底下，所以完全沒問題。

「你從哪裡得到這個的？」

「嗯——這是少女的祕密。」

「那就沒辦法了。」

艾弗烈大人，你也放棄得太乾脆了吧？

「再來是能立即生效的治療用魔法藥。只要灑在身上就行了。」

「這個也很貴吧。」

「這都是為了提高勝算。反正人家會向霍恩海姆樞機主教請款。」

「真是好主意。」

艾弗烈大人笑著回應坎蒂大人的說法。

在下也想看霍恩海姆樞機主教被高額請款書嚇到腿軟的樣子。

所以得活著回去才行。

「人家也試著調查了一下，達特．斯坦擅長所有系統的魔法，通常在讓對手動彈不得後，就會開始用『風刃』凌虐對手。」

「用來享樂的魔法啊。品味真糟。」

艾弗烈大人說的沒錯。

「他好像還會使用某種從未見過的魔法……但人家也只打聽到這些，對不起喔。」

「光是知道要提防未知的魔法，就能稍微提高勝算了。話說你擁有不錯的情報網呢。」

「少女可是有很多祕密呢。你們兩個都要平安回來喔。」

收下坎蒂大人的餞別禮後，我們繼續朝森林深處前進。

＊　＊　＊

等我們按照艾弗烈大人取得的情報前進，抵達達特．斯坦潛伏的小屋時，沒想到他已經在小屋外面等待了。

「嗨，我等你們很久了。」

「這真是出乎意料的展開呢。」

「這傢伙就是達特．斯坦嗎……」

「沒錯，我就是達特．斯坦。」

眼前是一個將花白頭髮往後梳，一看就讓人覺得很精明的細瘦中年男子。

這讓艾弗烈大人難掩驚訝。

「我還以為會有人監視你。」

「喔，你是說他們啊。」

負責警備和監視的士兵，都倒在離這裡有段距離的地方。

「你殺了他們嗎？」

「怎麼可能，只是讓他們睡一下而已。我現在還沒那麼飢渴。」

原來如此，他平常不會隨便亂殺人啊。

「大概兩天前，我才殺了一個有活力的少年。雖然讓另一個活著逃跑了。」

「你是說布魯諾嗎？」

「雖然不知道他的名字，但那個年紀的少年與少女的肉真的很棒。很多人都誤以為用『風刃』切割不會有感覺，但那是因為那些魔法師還不夠火候。到了我這種水準……啊啊！果然又開始想割肉了！接下來就割你們的肉吧。」

「他已經完全脫離常軌了呢。」

「是個精神異常的傢伙！」

「的確，我自己也這麼覺得。但我沒有膽量自殺，而且只要活著就會想割肉。唯一一個阻止我的方法，就是殺了我！」

「克林姆先生！」

在聽見艾弗烈大人聲音的瞬間，在下幾乎是出於本能地跳了起來，在下原本站的地方居然長出了「岩刺」！

如果沒有閃躲，現在就變成串燒了！

「反應不錯呢。」

達特・斯坦接著放出巨大的火鳥，那團火焰就像是有生命般襲向我們。

「逃跑也沒用喔。」

「就算閃躲也會跟上來！」

「那就這麼辦吧！」

為了與其對抗，艾弗烈大人用水魔法做出許多小鳥，衝撞那隻火鳥。

雙方互相抵銷，化為大量的水蒸氣。

「真有本事。至於另一個人……你為什麼會出現在這裡？」

達特．斯坦突然露出困惑的表情，向在下問道。

「當然是來討伐你。」

「就憑你那個魔力量？你是阿姆斯壯伯爵家的次男吧。」

「你認識在下？」

「飼養我的人是布魯格公爵。他的情報非常靈通。而且你的父親也曾經派刺客過來。我記得他當時應該已經被布魯格公爵警告過了……這次換你這個兒子帶著少到可笑的魔力過來啊。」

「這跟你沒有關係！」

就算想用這種話動搖在下也是沒用……

「克林姆先生！」

「糟了！」

這個男人不可能坦率地與人對話！

等注意到時，在下已經被火柱包圍！

「啊哈哈，燒得真旺。最好是能剛好把你殺到只剩半條命，不然就無法享受切割的樂趣了。」

「實在是無法理解你的特殊嗜好呢。」

「放著他不管沒關係嗎？」

「我一點都不擔心。」

沒錯，在下的魔力量和達特．斯坦可以說是完全不能比。

但在下還有艾弗烈大人的幫助與坎蒂大人的餞別禮。

為了替布魯諾報仇，在下會不擇手段地……活用這些優勢！

「哼！」

「衝出來啦。看起來沒被燒得很嚴重？」

「有破綻！」

看來在下受到的傷害比想像中少，讓達特．斯坦開始焦急了。

在下趁機拉近距離，用灌注魔力的拳頭賞了他的臉一拳！

但不愧是達特．斯坦。

他立刻振作起來，快速和在下拉開距離。

「噗！原來如此。把魔力灌入自己的身體揍人啊。這是魔力量少的可悲魔法師常用的手段。你已經不可能再打中我了，快點死心回去吧。要是你死在這裡，會對你的父親造成困擾。趁現在快逃吧。我可以只放你一個人走。」

這傢伙，想必也對即將落敗的艾加．崔達說過一樣的話吧？

眼見自己即將被殺，那傢伙說著為了下次能夠贏，必須先活下去，然後就丟下布魯諾逃走了。

所以他才能拖著那麼重的傷成功逃回去。

雖然他的心靈後來也被徹底破壞了。

「你比外表看起來還要有想像力呢。他確實說過那樣的話。那兩個人實在太年輕，讓我羨慕不已，所以就忍不住挑撥了一下。逃跑的那個被我割得很慘，但還是勉強能走路。另一個少年則是被我割到連站都站不起來。所以我就說『這傢伙已經沒救了，只要你丟下他逃跑，我就不會去追你』。至於另一個少年在看見他逃跑時的絕望表情，實在太令人愉快，讓我忍不住興奮起來，又繼續割下去了。」

「你這敗類……」

「即使是敗類，我這個優秀的魔法師還是活到了現在。無論是什麼樣的敗類，只要能派上用場就能活下來。而且藏匿我的人還是王族，這世界一定是哪裡有問題。所以我這個有問題的人也能繼續活著。」

「哼！那也只到今天為止！你就背負著過去的罪孽，乖乖受死吧！」

「即使沒有積極地支援我，還是有許多貴族默認我的行為。這個國家的支配者都是敗類，和我這個敗類不是很搭配嗎？上次暗殺我失敗後，那些人都害怕再被布魯格公爵盯上，就這樣放著我不管好幾年了，既然你是那種人的兒子，回去一定會被父親罵，還是早點放棄暗殺我吧。我願意放你一馬。」

你的意思是要在下捨棄艾弗烈大人嗎？

怎麼會有這種敗類！真是個人渣！

「你這個人性格還真差呢。」

「本來就是這樣吧？艾弗烈・雷福德。無論是人類、動物還是魔物，都是狡猾又討人厭的傢伙能活得比較久。怎麼樣？阿姆斯壯伯爵家的次男，快點捨棄他，回去依靠父親吧。以你的魔力量，只會被我折磨到死。」

的確，如果一對一單挑，在下一定會被單方面虐殺。

但在下還有艾弗烈大人在。

而且……

「你比在下聽說的還要喋喋不休呢！你就這麼害怕同時應付在下與艾弗烈大人嗎？」

「怎麼可能。我只是很納悶，為什麼你只有這點實力也敢來這裡。是基於貴族的義務嗎？」

「你還真會開玩笑！在下早已離開家！家族的事情根本不構成理由！在下只是無法原諒你殺了在下的好友！所以絕對要殺了你！還需要其他理由嗎？」

「原來如此。那等被我切割時，你再慢慢後悔吧。在那之前，要先讓你變得無法動彈。」

在下突然有股不好的預感！

「克林姆先生！」

「艾弗烈大人？」

「太慢了！」

「什麼！」

在下和艾弗烈大人周圍突然被水包住……怎麼回事！

這水有股奇怪的味道！

「……」

「喔，不愧是艾弗烈・雷福德，沒有用火魔法抵銷。不過，這種水很容易揮發燃燒呢。」

艾弗烈大人察覺包圍自己的水不太對勁，所以沒有用火抵銷。

然而，達特・斯坦一放出火魔法，這個味道奇怪的水就立刻著火了。

「可惡！」

雖然好不容易擺脫火焰，但在下的手腳與臉都燒傷了，所以連忙灑上魔法藥治療。

艾弗烈大人也做了相同的事。

「這下不妙。會燃燒的水……嗯，好像在哪兒聽過……」

「水會燃燒嗎？」

照理說不會燃燒的水居然燒起來了。

那種難聞的水到底是什麼！

「我能使用所有系統的魔法，只要善用這點，就能做出『會燃燒的水』……」

「又是針對我！」

達特・斯坦自由操縱那些水，讓那些水改變形狀鑽進艾弗烈大人的長袍。

然後，達特・斯坦再次點火。

這次艾弗烈大人就連長袍底下都被火炎包圍了！

「艾弗烈大人！」

「雖然我立刻做出冰塊抵銷，但還是無法完全防禦呢。」

艾弗烈大人似乎就連長袍底下都被燒傷了，開始對自己施展水系統的治癒魔法。

「這樣下去情況會愈來愈糟。」

「等你們失去戰鬥能力後，我會只治好你們的皮膚然後再切開。這次有兩個人，真令人期待。」

達特·斯坦這傢伙，已經開始覺得自己贏定了。

但這樣下去確實不妙……

「會燃燒的水……總覺得有印象……是巴拉溼地嗎？」

「正確答案。我結合水系統和火系統的魔法，重現了那種難聞又會燃燒的水。這可是費了我不少工夫。」

「你真的是魔法天才呢，只是其他部分都很糟糕。從王都往西走一大段路後，就是巴拉溼地。那裡有個地方會噴出難聞但可燃的水。因為只能拿來當提燈的燃料，所以只有當地人會去取。」

他用魔法重現了那種水嗎？

「這很方便呢。就像這樣。」

「可惡！」

能夠燃燒的水變得像蛇一樣捲住在下的身體，達特·斯坦一點火，在下的身體就第三次被火炎包圍。

在下連忙把火拍熄，用魔法藥澆頭。

「只能用『魔法障壁』防禦嗎？」

多虧坎蒂大人給的內衣，在下才能撐到現在，但不曉得還能抵擋幾次。

這件內衣已經保護了在下身體的重要部位三次，差不多快到極限了吧。

「這下麻煩了。如果只能用『魔法障壁』防禦，會讓我們陷入不利。」

「艾弗烈大人，這是為什麼？」

「因為對方能自由控制點火的時機。如果用『魔法障壁』防禦，魔力會消耗得很快。」

用「魔法障壁」防禦水也沒有意義，但達特．斯坦能決定何時點火，所以很難在節省魔力的情況下展開「魔法障壁」。

艾弗烈大人已經花了很多魔力在治療燒傷上。

在下也不曉得坎蒂大人給的內衣還能撐幾次。

或許是看穿了我們的困境。

達特．斯坦露出從容的笑容。

「能夠自由操縱，鑽入任何地方，在任意時刻點火，而且一開始還無法抵銷。那麼，差不多該結束了。我會在你們活著的時候切割你們。」

儘管為了替好友報仇鼓起勇氣來到這裡，但在下難道要在無法報一箭之仇的情況下被殺掉嗎？

在下才剛這麼想，艾弗烈大人就從後面輕拍在下的肩膀。

「（對方終於決定要給我們最後一擊了。）」

「……」

「（其實這種時候才是最好的機會。他大意了。）」

艾弗烈大人小聲對在下說道，同時讓在下的右手握住某個東西。

「（這是什麼？）」

「（是有點特殊的魔晶石。裡面蘊含了從這個尺寸難以想像的龐大魔力。）」

為什麼艾弗烈大人要給在下這個？

「（只要握緊這個賞他一拳就行了。雖然這有點像在賭博，但我相信克林姆先生必能成功。）」

「（可是在下……）」

雖然剛才成功打中一次，但在下實在不覺得能成功第二次。

「（他不可能犯下這種失誤。）」

「（這我會想辦法。請你用最快的速度一口氣接近他，再使出全身的力氣賞他一記右拳。那麼，五……四……三……二……）」

已經開始倒數了！

可惡！只能拚拚看了！

「（……一，開始。）」

艾弗烈大人再次輕拍在下肩膀，在下什麼都沒想，開始全力衝向達特．斯坦。

「突擊嗎……雖然不是不能理解你們的心情……但真是太魯莽了！」

來了！

這次他沒有耍小花招，強力的火炎魔法像是想把在下燒成灰般逐漸逼近。

但應該還能再撐一次。

在下完全沒有減速直接突破巨大火炎，繼續衝向達特．斯坦。

「居然撐住了！坎蒂大人，太感謝你了！」

這樣下次被達特．斯坦的魔法打中時，恐怕就沒救了。

在那之前，必須先賞他一拳。

「你那特殊防具也差不多失效了吧。」

嘖，被看穿了！

但在下已經停不下來了！

「光靠那件長袍，絕對無法抵擋我的攻擊。」

達特．斯坦再次用能夠燃燒的水做出兩條蛇，對在下發動攻擊。

如果被他在近距離點火，在下就會嚴重燒傷……

「別想得逞。」

在那之前，艾弗烈大人搶先點燃了達特．斯坦的水蛇。

「沒用的。只要補充新的可燃水，然後當成火蛇使用就行了。」

「不過變成火蛇後，就能用我做出來的水蛇抵銷。而且看來可燃水只要被點燃一次，就連你都無法把火熄滅呢。」

原來如此，因為無法對點燃前的水蛇出手，所以艾弗烈大人才會搶先點火。

一旦可燃水被點燃，就連達特・斯坦都無法滅火。

若只是普通的火蛇，就能用水魔法應付。

居然在這麼短的時間內發現這點，真不愧是艾弗烈大人。

「克林姆先生，相信我全力衝刺吧。」

「知道了！」

在那之後的短暫期間，兩人展開壯烈的魔法對戰。

達特・斯坦企圖用「風刃」砍傷在下，但不知何時來到在下後方的艾弗烈大人也放出「風刃」彈開攻擊。

達特・斯坦一發射大量「冰彈」，在下面前就出現「火之壁」將「冰彈」融化。

才剛發現在下腳邊稍微隆起，地面馬上就恢復原狀。

艾弗烈大人妨礙了對方做出「岩刺」。

「你已經逃不掉了！」

「哼，你也只會這樣衝過來，只要能夠躲開……什麼！」

艾弗烈大人瞬間在達特・斯坦的後方與兩側做出「岩壁」，讓他無法後退。

「既然是二對一，當然是我們比較有利。因為可以像這樣攜手合作！」

布魯諾他們辦不到這點嗎……

「算了，憑你的魔力，就算被你打中。」

達特・斯坦運用龐大的魔力瞬間提升防禦力。

切換得還真快……但在下的右拳！

「可是真的完完全全！將一切都賭在這一擊上了！」

「防禦！」

達特・斯坦將雙手交叉在胸前，並將龐大的魔力注入雙手。

這是上級魔法師才能做到的堅實防禦。

「貫穿吧！」

在下要用剩下的所有魔力，以及握在右拳裡的艾弗烈大人特製魔晶石內的龐大魔力，貫穿達特・斯坦的胸口！

「要防住你這種程度的魔力還不容易……怎麼可能！」

在下使出渾身解數的一擊，先是打斷了達特・斯坦的雙手，然後直接貫穿他門戶大開的胸口。

在下的拳頭，在完全貫穿達特・斯坦的身體後停頓下來。

再怎麼優秀的魔法師都還是人類。

只要肺和心臟被破壞，就會構成致命傷。

「怎、怎麼可能……為什麼？」

「有什麼好不可思議的？」

像你這樣的高手，應該不可能沒發現在下的右拳握著特殊的魔晶石。

「以你的……魔力……不可能會有……這種威力……」

胸口被貫穿的達特．斯坦，已經無法繼續開口說話了。

在下一拔出貫穿他身體的拳頭，他就直接倒地不起。

「成功了。不過……」

達特．斯坦死前似乎還是無法理解為什麼會被在下的拳頭貫穿。

「在下用了艾弗烈大人特製的魔晶石。達特．斯坦應該能夠預料到加上這些魔力後，就有可能粉碎他的『魔力防禦』才對。」

「不，這是不可能的。」

「為什麼？」

「我簡單說明一下。假設你的魔力量是一魔力，那借給你的魔晶石能儲存的魔力量就是幾百魔力。然而，即使你將裡面的魔力注入拳頭，正常來講也只能從魔晶石裡獲得一魔力。從你剩下的魔力量來看，實際上應該會小於一吧。」

原來如此。

按照常理，在下無法從魔晶石裡提出超過在下最大魔力量的魔力。

「如果不是這樣，你的身體可能會被魔力撐爆，所以你無法從魔晶石裡提出超過最大魔力量的魔力，攻擊力也無法突破這個限制。達特．斯坦發現了這點，所以選擇防禦你的攻擊。」

他本來以為能輕鬆防禦，結果在下卻使出了超越那個限制的一擊嗎？

在下看向借來的魔晶石，發現裡面的魔力已經清空變成灰色。

別說是突破限制，根本是把全部的魔力都提出來了。

「我本來就覺得你有點特別，而且幾乎是抱持著確信。所以我才給你這顆魔晶石，指示你用全力攻擊他。這有點像在賭博，關於這點我必須向你道歉。但結果真是出乎我的預料。」

「不，艾弗烈大人不需要道歉……」

如果艾弗烈大人當時沒有賭這一把，我們應該已經被達特．斯坦殺掉了。

「感謝你的體諒……」

「你們兩個！」

我們好不容易才能享受一下勝利的餘韻，結果突然有人不解風情地跑來妨礙。

「畢竟都過了這麼久。」

「艾弗烈大人？」

「老大現身了。」

在下看向聲音的方向，發現那裡有十幾名士兵，以及一個外表將近七十歲，明顯是個大貴族的男性，而且他看起來非常震怒。
他就是藏匿了達特．斯坦三十年的布魯格公爵吧。
其實在下以前也沒見過他。
另外在布魯格公爵旁邊還有一個不起眼的中年男性貴族，他應該就是布魯格公爵的女婿巴塞爾子爵吧。
比起對我們感到生氣，他似乎更忙著窺探岳父布魯格公爵的臉色。
「你們兩個！居然敢對達特．斯坦動手！」
「達特．斯坦？我記得叫這個名字的魔法師，應該在三十年前就死了。」
布魯格公爵朝我們怒吼，但艾弗烈大人毫不畏懼地挖苦回去。
他表示達特．斯坦在正式記錄上已經死了，所以倒在我們面前的男子不可能是那個男人。
「區區平民和伯爵家的次男！你們別以為能活著回去！」
布魯格公爵一下令，他帶來的士兵就一齊拔劍。
同時，從森林各處趕來的巴塞爾子爵的手下們也開始包圍這裡。
仔細想想，剛才那一擊已經幾乎用盡了在下所有的魔力。
「艾弗烈大人？」
「這點程度是還沒什麼問題……但該怎麼辦才好呢？」
「什麼意思？」

「要突破這些人逃跑是很簡單，但布魯格公爵一定不會就此罷休。他好歹是前任國王的弟弟，被他怨恨在各方面都會很麻煩。霍恩海姆樞機主教還真慢呢……」

「哼！老夫才不會遲到！而且你應該早就發現了吧！」

此時傳來一道和布魯格公爵不同的聲音，在下看向聲音的來源，發現霍恩海姆樞機主教就站在那裡。

他周圍也同樣有十幾名騎士……他們應該是隸屬教會的聖堂騎士團吧。

除此之外，還能感覺到有一群像軍隊的人，包圍了布魯格公爵和他的士兵。

「霍恩海姆樞機主教……原來你就是這次的幕後黑手！」

「現在才發現也太晚了，達特．斯坦已經下地獄了。」

霍恩海姆樞機主教用鄙視的態度挑釁布魯格公爵，看向倒在地上的達特．斯坦的屍體。

「即使是這種傢伙，死了還是得好好祭拜，就送他進無名公墓吧。」

「你這傢伙──！」

布魯格公爵變得更加激動，但霍恩海姆樞機主教依然一臉從容。

「殺了這個臭神官！」

「笑話。就憑你和巴塞爾子爵養的走狗，怎麼可能打得贏聖堂騎士團的精銳？」

霍恩海姆樞機主教只用這句話，就制止了那些士兵。

就算是他們，也不會想與知名的教會守護者，堪稱精銳中的精銳的聖堂騎士團為敵吧。

「你們沒發現自己已經被軍隊包圍了嗎？無論是人數還是士兵的素質，你們都沒有勝算。」

「臭神官，為什麼是你在囂張。」

「父親！」

另一個出現在霍恩海姆樞機主教背後的人，是在下的父親阿姆斯壯伯爵。

「克林姆，好久不見了。」

「父親一點都沒變呢。」

「克林姆，是你打倒他的嗎？」

父親看著達特．斯坦的屍體，向在下問道。

「是在下和艾弗烈大人一起打倒的！」

「這樣啊。幹得好。雖然無法公開讚揚，但我對你這個兒子感到很自豪。」

「阿姆斯壯伯爵——！你這傢伙——！明明八年前被我警告時完全不敢反抗——！」

「所以我現在才在這裡。而且當時是因為前任國王還在。因為前任國王對你有所顧慮，我這八年來一直拚命隱藏自己的悔恨。今天看見達特．斯坦的屍體，真是舒暢不少。」

「阿姆斯壯伯爵！還有霍恩海姆樞機主教！今天的事情，我一定會上奏陛下！」

「你是笨蛋嗎？」

布魯格公爵一說要向陛下控訴，霍恩海姆樞機主教就用鄙視的表情說道。

「不過是一個早就離開人世的傢伙死了，能造成什麼影響？」

父親似乎也難以抑止輕蔑布魯格公爵的心情。

同樣以鄙視的表情看向他。

「姑且不論聖堂騎士團，你以為我會擅自率領警備隊包圍你嗎？」

「這是什麼意思？」

「真遲鈍呢。換句話說，就是連陛下都對你忍無可忍了。」

「不可能！」

「你其實是前任國王的哥哥，有可能是真正的國王？真是無聊的傳聞。」

霍恩海姆樞機主教表現出對那種傳聞毫不在乎的態度，讓布魯格公爵更加震怒。

「居然敢說無聊！我可是！」

「你也稍微冷靜想一下。如果是同一時間出生的異母兄弟也就算了，從同一個肚子裡出生的雙胞胎兄弟，有必要刻意調換排行嗎？剛出生的嬰兒，有可能表現出讓人想那麼做的能力差距嗎？明明身上流著相同的血。」

「我……」

「居然被反體制派的戲言給迷惑。無論是前任國王，還是現在的陛下，都不是對你有所顧慮，只是在警戒以你為首的勢力，還有擔心那些傳聞造成的影響。如今達特·斯坦已死，你的人生也差不多該落幕了。」

霍恩海姆樞機主教一舉起手，幾個在聖堂騎士團中也算是特別高大的士兵，就將布魯格公爵包圍了起來。

然後，他們強硬扳開布魯格公爵的嘴巴，餵他吃了一個像藥的東西。

「唔！這是什麼？毒藥嗎？」

「答對了。布魯格公爵，只要你死在這裡，我們至少還會讓你兒子繼承男爵家。巴塞爾子爵家也不會被解散，只是領地會被沒收。」

在下現在才發現，巴塞爾子爵也同樣被幾個魁梧的聖堂騎士團成員架住，被迫服下相同的藥物。

他直到最後都很不起眼。

「霍恩海姆樞機主教！你居然敢對真正的國王做出這種事……」

「不對吧？你只是因為二分之一的機率沒當上國王，一直在心裡忿忿不平，所以才會利用那個傳聞與貴族結盟，並且在包庇達特．斯坦的同時利用他累積財力。人真是可怕，明明本來只是想利用傳聞，結果不知不覺就開始相信那才是真相。老夫說的沒錯吧？哎呀，你差不多開始想睡了吧？那是毒藥的效果。」

「我……沒有錯……我才是……真正的國王……」

布魯格公爵說到這裡，就像睡著般嚥下最後一口氣。

巴塞爾子爵也一樣，但不幸的是完全沒人注意到他。

「真是愚蠢。」

霍恩海姆樞機主教最後丟下這句話後，就開始指示聖堂騎士團逮捕布魯格公爵和巴塞爾子爵的士兵，還有搬運三具遺體。

聖堂騎士團默默完成被交代的工作，但他們只有今天戴上奇怪的面具，讓人無法辨識他們的身分。

畢竟是這種行動，所以這也算是必要措施。

「那麼，可以請艾弗烈和克林姆大人跟我們一起走嗎？」

「是要封我們的口嗎？」

艾弗烈大人對霍恩海姆樞機主教還是一樣很不客氣。

「誰會那麼做啊！老夫才不想被阿姆斯壯伯爵殺掉！」

「嗯，我會殺掉這個臭神官。」

如果他打算殺害艾弗烈大人，在下一定會阻止，這樣就只能連在下一起收拾掉。

即使是霍恩海姆樞機主教，也無法當著在下父親的面這麼做。

「陛下傳喚你們。要趕緊過去才行。」

「明白了。我這種人只要能領到報酬就好。包含封口費在內，應該能拿到不少錢吧。」

「從你那張溫柔的臉，真的很難想像你是這麼厚臉皮的傢伙。」

「再過幾年應該就會變穩重吧。」

「希望如此。」

在父親與霍恩海姆樞機主教的帶領下，在下與艾弗烈大人一起前往王城。

總之最後我們成功討伐達特．斯坦，替布魯諾報了仇，這樣就夠了。

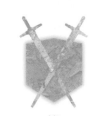

第十四話 新的朋友

「朕要針對朕與父王遲遲無法做出決斷這件事，向各位道歉。」

霍恩海姆樞機主教、父親、艾弗烈大人和在下四人祕密謁見陛下，但他一開始就先向我們道歉。

霍恩海姆樞機主教之所以安排這場祕密謁見，也是為了避免陛下向臣子與民間魔法師道歉的事實洩漏出去吧。

「這是什麼東西的經費……？」

「坎蒂大人替克林姆先生準備的裝備和魔法藥。如果沒有這些東西，我們應該已經輸了。」

「明白了。老夫會在一個星期之內和報酬一起支付。」

「請你務必守約。」

「老夫才不會賴帳。」

霍恩海姆樞機主教一臉不悅地和我們道別。

離開王城後，在下與艾弗烈大人一起走在路上，天應該就快亮了。

「成功了呢。」

「在下只是按照艾弗烈大人的吩咐行動。」

如果沒有艾弗烈大人的那些指示，在下一定早就死了。

「如果和我一起行動，並執行我那些指示的人不是克林姆先生，我一定也早就死了。啊，對了！」

「怎麼了嗎？」

「沒什麼。仔細想想，我們是一起賭命打倒達特．斯坦的夥伴，而且年齡也沒差多少，還是改變一下對彼此的稱呼方式吧。一直叫我艾弗烈大人也太尷尬了。」

「那要換叫艾弗烈閣下嗎？」

「那也太拘謹了。我以後會直接叫你克林姆，你也直接叫我艾弗烈吧。」

「可是……」

艾弗烈大人被認為是目前最優秀的年輕魔法師。

在下這個初級魔法師，根本無法與他相提並論。

「你這樣講就太奇怪了。魔法師根本不用在意什麼身分差距。我不是貴族，反過來想，也可以說是我這個平民對你這個貴族太失禮了。」

「既然在下已經出外闖蕩，就不需要在意老家的事情。」

「那就沒什麼關係了吧。你就別客套了。」

「明白了……艾弗烈。」

「這樣就對了。克林姆只要決定了就不會遲疑，你有成為一個好魔法師的天分。明明是貴族，卻一點都不像貴族這點也很棒。」

「艾弗烈，這算是稱讚嗎？」

「這可是最大的讚賞。你可以引以為傲。」

「說到這個，你對霍恩海姆樞機主教的態度還滿嚴苛的呢。」

「雖然這世界確實是需要那種人，但我不想主動和他扯上關係。」

「關於這點，在下也有同感。」

如果想過得幸福一點，最好別和王國的政治牽扯太深。

幸好在下是次男。

「布魯諾大人的葬禮是今天舉行。我們一起去參加吧。」

「不好意思，謝謝你。」

「他是克林姆的好友，如果我們以前有緣，應該也能成為好朋友。」

「布魯諾聽了一定會很高興。那麼，我們走吧。」

在下與艾弗烈一起前往布魯諾家，參加他的葬禮。

布魯諾，雖然在下替你報了仇，但還是失去了你這個無可取代的好友。

但也因為這份機緣，獲得了艾弗烈這個新好友。

你會氣在下是個無情的傢伙嗎？
不，在下知道你不是那種人。
你一定會替在下獲得新好友這件事感到開心。
然後，雖然在下還要再過幾年才能知道自己會成為什麼樣的魔法師，但將來一定會去天國向你報告，你就慢慢等待吧。

＊　＊　＊

「喔！你還活著呢。」
「真過分，你明明知道我們成功了。」
「抱歉啦。辛苦你了。監視我的傢伙不知為何慌張地逃跑了，所以我推測是雇主布魯格公爵出了什麼事。」
「他幾天後會被當成是病死吧。」
「當公爵真好，就算是壞蛋也能被人這樣關照。」
「真是的。師傅明明從來不曾羨慕過貴族。」
「艾弗，這點你也一樣吧。」

成功暗殺達特．斯坦，和克林姆一起參加布魯諾先生的葬禮後，我不知為何完全不想睡，於是就去了平常光顧的店。

然後，我發現師傅布蘭塔克就坐在吧檯前面，於是便簡單向他說明了一下情況。

老店長等我們聊完後，才回到吧檯。

因為能在這裡聊危險的話題，所以我很喜歡這間店。

老店長很擅長在這種時候突然消失，口風也是出了名的緊。

「兩個人一起合作過後，有什麼感想？」

「跟我預料的一樣，他還會繼續成長。」

「啊，原來他就是你之前關注的那個小鬼。」

克林姆只是個初級魔法師。

雖然他現在確實只會將魔力注入拳頭揍人，但不管怎麼計算，那個威力都太誇張了。

更驚人的是，他還從「單純容量大的魔晶石」裡引出了超越自己極限魔力量的魔力強化拳頭，突破了達特．斯坦的魔力防禦。

達特．斯坦在被克林姆一拳打斷雙手並貫穿胸口時，露出難以置信的表情，然後就這樣死了。

換句話說，他潛在的極限魔力量應該相當高。

然而從克林姆目前的魔力成長量來看，他應該是典型的大器晚成。

「既然你對他抱持這麼高的期待，為什麼不幫他進行容量配合。」

「這樣反而會對他造成負面影響。」

他是個宛如巨樹般的男人。

必須花時間一點一點地成長。

如果魔力量突然增加太多，很可能反而會對他造成負面影響。

「要是在與達特．斯坦決戰前強硬增加他的魔力量……哎呀，這種想法只會重蹈霍恩海姆樞機主教的覆轍吧。」

許多魔法師在透過容量配合讓魔力量一口氣增加後，都反過來受到那股魔力影響，造成不好的結果。

魔法師果然必須先靠自己的力量，累積一定程度的實力。

「而且如果是和他進行容量配合，或許反而會是我的魔力量先到極限呢。」

「怎麼可能。但我會遠遠關注他的發展，看你的預言會不會靈驗。畢竟我不太擅長應付像阿姆斯壯伯爵的次男那樣熱血的人物。」

和師傅一起乾杯後，我突然變得很想睡。

今天還是早點休息吧。

明天也有指名我處理的委託。

＊　＊　＊

「好閒啊。」

布魯諾的葬禮結束後，又過了三天。

坎蒂大人指示在下休息一個星期。

『全力和那種超強的敵人戰鬥過後，不管是誰都會鬆懈。如果只是犯平常不會犯的失誤或受傷也就算了，在最壞的情況下可能還會死。雖然對小壯不好意思，但我們也必須尋找能填補布魯諾的戰力，你還算是新手，所以就回家休息吧。』

於是在下按照坎蒂大人的指示，待在家裡休息。

成功暗殺達特．斯坦後，在下獲得一筆豐厚的報酬，所以暫時不工作也沒關係。

之前參加葬禮時，布魯諾的雙親和哥哥將他遺留的魔法書送給在下，在下躺在床上看那些書消磨時間。

說到這個，不曉得之前定期會來這裡的莉茲小姐後來怎麼了？

哥哥突然去世，又不能告訴她真相。

雖然霍恩海姆樞機主教巧妙地撒了一個謊，說布魯諾是死於討伐魔物時發生的意外，但看見莉茲小姐得知哥哥死訊後拚命忍耐眼淚的樣子，還是讓在下心裡充滿了罪惡感。

在下很想告訴她真相，但這樣會讓布魯諾的家人陷入危險。

雖說是無可奈何，但在下實在不擅長保密。
「莉茲小姐應該不會再來了吧。」
她是為了照顧喜歡的哥哥布魯諾，才會來這個家幫忙做家事。
應該不會為了在下過來。
她不僅未婚，還是個非常美麗的女性。
不可能會來找在下這個獨居的男人。
叮咚！叮咚！
才剛想到這裡，門鈴就突然響了。
在下好奇地打開門後，發現莉茲小姐提著購物袋站在門外。
「莉茲小姐？」
「克林姆先生，你有好好吃飯嗎？」
「算是有啦。」
「反正你一定都是買串燒之類的外食吧？」
「在下不會做菜，但就算只買外食，還是會好好計算營養，所以不用擔心。」
「你真的有在計算嗎？」
當然是沒有。
莉茲小姐輕易就看穿在下不健康的生活。

「這也是獨居生活的醍醐味。」

「前提是要能夠自我節制。我馬上替你做晚餐。」

莉茲小姐進來後，就直接到廚房做飯。

在下看著她的身影。

「莉茲小姐。」

「關於哥哥死亡的真相，坎蒂先生都告訴我了。」

坎蒂大人居然把那些事情都告訴了莉茲小姐！

「因為我很在意，所以才跑去問他。除了克林姆先生以外，我不會跟其他人說。」

「抱歉。」

雖然做出那些壞事的布魯格公爵是王族，但對莉茲小姐來說，貴族應該都是一個樣吧。

而在下也是貴族。

同為貴族，在下……

「克林姆先生一點都不像貴族呢。」

「莉茲小姐？」

「因為明明沒有必要，你還是接下了那麼危險的工作，挑戰實力遠勝自己的人。明明可能會因此惹家人生氣。」

雖然父親一開始稱讚在下，但後來還是狠狠訓了在下一頓。

還說『你是阿姆斯壯伯爵家的一員，別讓家人擔心啊』。

「但我很高興。」

「很高興？」

「得知哥哥去世的消息時，我非常難過。現在還是一樣很難過。但克林姆先生賭上性命為哥哥這個好友報了仇。我很高興哥哥有一個這麼為他著想的好友。」

莉茲小姐流著眼淚對在下如此說道。

「啊，我馬上做晚餐。也要好好吃蔬菜才行喔。還有，我很不習慣別人叫我莉茲小姐，以後請直接叫我莉茲吧。」

說完後，莉茲轉過身繼續做料理。

「莉茲小……莉茲。」

「是的？」

「在下明天也很閒，要不要一起出去走走。」

「好的！」

看見莉茲的笑容，在下總算覺得能夠重新展開新生活。

終章　結果，導師年輕時到底長什麼樣子？

「事情就是這樣，在下順利替好友報了仇！還獲得了艾弗烈這個新好友，在下非常感謝布魯諾！仔細想想，我們認識的期間其實並沒有很長，但在下絕對不會忘記他！」

「「「……」」」

「鮑麥斯特伯爵、艾莉絲和艾爾文少年，你們都被在下的青春回憶感動了嗎？」

「呃……我可以問一個問題嗎……」

「什麼問題？」

導師少年時代的故事意外地有趣。

雖然不管怎麼聽，我都無法想像他曾經是個可愛的少年，但反正原本就只有他本人和妮娜大人相信，所以沒什麼關係。

比起這個，最後那段故事實在是很危險。

前前任國王的雙胞胎弟弟對王家抱持不滿，為了強化勢力包庇犯下殺人罪的魔法師，最後還協助他滿足殺人的慾望。

師傅和導師祕密打倒了那個殺人魔，儘管前前任國王的雙胞胎弟弟因此震怒，但他最後也被忍無可忍的霍恩海姆樞機主教與其他志願參加行動的貴族毒殺，王家也默認了這件事。

赫爾穆特王國表面上一直維持和平，像這種內幕照理說應該絕對不能外洩吧。

我們都很後悔聽了這些事情。

雖說好奇心會害死一隻貓……但我們對這件事一點都不好奇。

應該說我們是導師擅自洩漏祕密造成的犧牲者比較正確！

「要說明布魯諾的事情，就難免會提到這個話題！只要你們保密就行了！」

「唉……」

我就知道導師會這麼說。

反正就算責備他，他也不可能會反省。

「（威爾和艾莉絲都有一定的地位，所以沒什麼關係。但我怎麼辦？）」

還能怎麼辦。艾爾和我都一樣，只能把這個祕密帶到墳墓裡了。

「這對孩子的胎教也不太好……艾莉絲聽了也覺得不舒服吧……」

畢竟故事裡還有個喜歡切割少年和少女的殺人魔。

又不是恐怖電影，實在不適合講給艾莉絲這個孕婦聽。

「她的孩子將會是下一任鮑麥斯特伯爵！所以早點習慣這種事會比較好！」

不，就算透過胎教，讓還在肚子裡的小嬰兒聽權力背後的現實也沒什麼意義吧，導師和平常一樣強硬地做出結論後，結束了這個話題。

「導師，我們原本是在講你少年時代的肖像畫吧……」

「喔喔！說得也是！」

艾爾，真虧你還記得呢。

我是已經完全忘記了。

「看好了！這就是在下還是個可愛少年時的樣子！」

說完後，導師繼續從魔法袋裡拿出肖像畫，畫裡的導師並不是留鳳梨頭。

「「「（這算可愛嗎？）」」」

十四歲的導師看起來比現在年幼，也不是留那顆招牌鳳梨頭。

跟現在相比，是有可愛一點？

但還是完全不像十四歲。

「在下這時候還又小又青澀，非常可愛，是在外面的世界持續鍛鍊後，才造就了現在的在下！」

「是啊。克林姆哥哥以前真的又小又可愛。」

妮娜大人率先贊同導師的發言。

這麼說來，她也是阿姆斯壯伯爵家的人。

既然是在那個連流氓看見都會嚇得赤腳逃跑的阿姆斯壯伯爵家裡長大，確實是有可能覺得少年時代的導師可愛。

如果是跟其他族人比的話。

「（母親平常有點脫線……）」

艾莉絲愧疚地輕聲向我道歉。

之所以一直叫我「威德林弟弟」，或許也是因為看在妮娜大人的眼裡，我還只是個可愛的孩子。

雖然和導師相比，大部分的人應該都算是可愛的孩子。

「因此要是鮑麥斯特伯爵和艾莉絲的孩子，能和在下一樣健壯地長大就再好不過了！」

此時，話題總算又回到我和艾莉絲的小孩身上。

拜託千萬別讓我的孩子像導師……尤其如果是女兒，那就太可憐了。

「（親愛的，肚子裡的孩子真的會像……）」

「（不，既然是我和艾莉絲的孩子，一定會長得像我們。）」

臭導師！

艾莉絲就快生了，別害她感到不安啦！

「放心吧。克林姆哥哥非常受女性歡迎。」

的確，別看導師這樣，其實他非常受女性歡迎。

他還娶了四個妻子。

話說如果生的是女兒，那受不受女性歡迎都無所謂吧。

「我的朋友莉茲，後來也嫁給了克林姆哥哥。」

「「「咦！真的嗎？」」」

「真的。」

我現在才想起來。

導師確實有個叫莉茲的太太。

因為她長得很漂亮，所以我對她有印象。

居然與去世好友的妹妹結婚……明明只是個肌肉大叔，生活居然過得如此充實。

「（親愛的？怎麼了嗎？）」

「（沒事，姑且不論外表，如果內在有點像導師或許會比較好……）」

雖然完全一樣也是個問題，但如果只是性格有點像，或許還不錯。

「你們兩個怎麼了？」

「不，沒什麼。只是希望孩子出生後能像導師一樣健康。對吧，艾莉絲。」

「是的。要是能像舅舅一樣健康就好了。」

「沒錯！妳一定會生出一個健壯的孩子！」

我們勉強蒙混過去後，導師一個人在旁邊持續大笑。

國家圖書館出版品預行編目資料

八男?別鬧了! / Y.A作 ; 李文軒譯. -- 初版. -- 臺北市 : 臺灣角川, 2020.06
冊 ; 公分. -- (Kadokawa fantastic novels)
譯自 : 八男って、それはないでしょう!
ISBN 978-957-743-810-2(第16冊 : 平裝)

861.57 109005088

Kadokawa Fantastic Novels

八男？別鬧了！ 16

（原著名：八男って、それはないでしょう！16）

2020年6月17日 初版第1刷發行

作　　者：Y・A
插　　畫：藤ちょこ
譯　　者：李文軒

發 行 人：岩崎剛人
總 經 理：楊淑媄
資深總監：許嘉鴻
總 編 輯：蔡佩芬
編　　輯：黎夢萍
美術設計：黃永漢
印　　務：李明修（主任）、張加恩（主任）、張凱棋

發 行 所：台灣角川股份有限公司
地　　址：105台北市光復北路11巷44號5樓
電　　話：（02）2747-2433
傳　　真：（02）2747-2558
網　　址：http://www.kadokawa.com.tw
劃撥帳戶：台灣角川股份有限公司
劃撥帳號：19487412
法律顧問：有澤法律事務所
製　　版：巨茂科技印刷有限公司
ISBN：978-957-743-810-2